網球鞋女孩

Philosophy Behind Animation & Comic

MAXINE YOUNG 楊依射 著

那是我這輩子第一次，
看見了名為『夢想』的東西。
那耀眼得猶如太陽光線的色彩，
照得我幾乎睜不開眼睛。
於是，我開口詢問它的名字…

不二的能量

除了動漫畫外，青春文化流行的同人誌、COSPLAY、聲優、輕小說、電玩遊戲等都已經成爲青春族群熱烈追逐的哈燒（HOT）文化，這樣的社會現象顯示著新的時代的來臨。青春作家楊依射透過纖細而敏銳的感覺，以岡田斗司夫所言之「通の眼」（從社會脈絡角度檢視使動漫知識自動漫世界轉換到日常生活中），創作《網球鞋女孩》青春紀事之長篇小說。

《網球鞋女孩》一開場就以女主角小景在網球場遇見「雌雄莫辨」的良鵪，挑戰「性別天生說」與COSPLAY「性別場域之疆界」。性（Sex）是由生理所決定的，性別（Gender）則是由心理及文化所建構的（Wood，2001:19）；在現實社會中，我們對性別（Gender）的認知與認同其實是透過人們之間互動而產生既定的心理及文化所建構的概念。在COSPLAY活動的場域裡，男生可以COS女角，女生可以COS男角。一般人認爲在COSPLAY場域內才能去化「性別」，離開了COSPLAY的場域，「性別」自然或必須回歸社會現實。然而作者賦予小說人物性別意義的變動性，打破一般人既有的觀念。良鵯在網球場上用不二周助的外表泡妞，小景吃驚又意外，此時此景，我們仍然執著於社會文化「性別認知與認同」嗎？《網球鞋女孩》透出一線掙脫性別枷鎖的曙光。

小說中人物良鵯說：「穿著網球鞋……就會覺得身體裡充滿了一種不二的能量」。「穿上網球鞋」與「不二的能量」發生聯想，其意思是穿著與不二相同的網球鞋，就會有與不二相同的觀點、與不二相同的反應，自然發動不二的的能量。那麼「不二的能量」是甚麼？不二周助是漫畫《網球王子》中的網球高手。因爲他有著卓越的「球感」，所以被稱爲網球天才。不二擁有卓越球感是天生的，帶著這樣天賦的才華馳騁於球場，自然擁有著打球的「自信」。在球場上，他總是面帶微笑的應戰，出神入化的球技，使得對手難以捉摸他的回擊「力量」。小說中「不二的能量」是一種象徵，象徵「不二的自信與力量」。良鵯說：「如果你也穿上網球鞋的話，我就可以帶你跑到更遠的地方。」，最後小景終於穿上網球鞋，這象徵與聯想，很值得玩味。

作者楊依射以淋漓酣暢的文筆，描述各種青春流行文化，例如聖殿動漫祭典的COSPLAY活動，良麒的聲音，聯想到聲優櫻井孝宏、三木眞一郎，以及動漫畫題材中各種身分與設計等等；並且透過敏銳透徹的觀察力，呈現出多元城市的繁榮景象、大眾文化的蓬勃發展。小說中同時運用動漫畫元素進行辯論、思考，展現出新的事物與新的觀點，強勁有力的駁斥了一般人將動漫畫視為反智（Anti－intellectualism）的次文化。我們看到作者用《ＢＬＯＯＤ＋》的小夜與她的騎士哈吉代入彼得杜拉克的《運作健全社會》的理論，來瞭解這樣「偉大的議題」，覺得好笑，但是彼得杜拉克在這樣嚴肅的學術論文書籍的前言裡，舉出魯賓遜的例子，爲要闡述嚴肅的事實，不也是異曲同工之妙。啾太郎評論涼宮春日「追求精采生活」的態度上定義錯誤、良鶇引述侑子女王定義「世界」、《旅之沼》蟲師銀古對於人類懼怕死亡的開示等等，動漫畫內容所蘊含的人生的哲理與反思的文化深度，實不容小覷。

本書除了呈現出動漫畫的豐富意義與審美觀念外，更著重青春族群在青春期的迷惘與騷動。青春期的重大身體變化，使得青春男女充滿著強烈不安的情緒，對於在這時期年輕人的自我追尋、愛與迷惑、同儕認同、英雄崇拜，小說中有著深刻且細膩的心理描繪，並刻畫所處時代的城市生活之情境，及帶著小景的意識流的感傷來承載內心的掙扎與省思，使小說的內涵與意義極爲深厚。我們隨著小景的觀點與視角，進入小景生命中第一個重大危機：小景對愛情的憧憬，友情的渴望，良麒與良鶇之間的曖昧未明的關係。在良鶇的離去、啾太郎的點醒之後，小景體會到忠於自己的感受與堅持自己的道路之重要，終於穿上了網球鞋。青春期的愛與迷惘，騷動與不安，都透過網球鞋傳來不二的能量，豁然開朗，度過了「青春期的風暴」。

《網球鞋女孩》洋溢著青春氣息，充滿著年輕人的生命力，作家楊依射將覺醒主義新文學關注「大我」的視角拉回，以「小我」爲重心的青春書寫，不僅展現出動漫畫文化表象之下的藝術人文深度，更介入青春期的人生議題，表現出當代青春族群面對人生的態度，也提供人們對E世代文化的新認識與新的觀照。

特約主編

簡世照

引用文獻

Wood,J.T.（2001）.”Genderedlives:communication,gender,andculture.（4thed.）”CA:Wadsworth.

良鵪的亞空間

《網球鞋女孩》是一部都市青春覺醒小說，作家楊依射透過青春族群的感情世界與夢想的追求，探索和思辨人的「生存價值」，以及追尋生命覺醒的文學創作。

彼得·杜拉克大師在《不連續的時代》爲現代的青春期作了一個界定：「青春期不是一個自然的階段，而是人爲的文化狀態。」也就是青春期不是以自然生理的年齡，而是以文化年齡（Cultural Age）來界定。現代人由於受教育的時間延長，其青春期也隨之延後。年輕人離開了學校，剛剛踏入社會，從前的經驗皆無法適用，這時是青春族群最爲迷惘的時期。《網球鞋女孩》即是以「青春期的迷惘」爲敘述主體，細緻刻劃人物的心理活動與意象描寫，並且運用動漫畫文本的解讀，發展了自己獨立創建的觀點。

例如：作者透過良鵪說：「人類在終日飽食之後，就失去了對『生存』這回事的熱誠，會很不自覺得一直去追求這樣的刺激與熱情。但是在不想破壞能夠繼續終日飽食的生活這樣的前提之下，卻很難以追求到那麼刻骨銘心的激情，於是變得很容易喪失生存的價值……」接著經過「生存價值」、「同袍感情」、「愛情動機」的思辨之後，結論是：「飽食終日的人類需要夢想…… 由美好的幻想的支撐得到繼續無聊生活的力量，而亞空間呢，就是可攜帶的夢想容器！」

良鶇所說的「可攜帶的夢想容器（亞空間）」是什麼？就是「心靈自由」的空間。良鶇說：「網球鞋就是我的可攜帶式夢想容器的啓動裝置。」對於良鶇而言，網球鞋象徵「如同不二般的自信與力量」，而擁有心靈自由的空間，爲追求夢想的先決條件。作者藉著啾太郎評論涼宮春日的精采生活，提出涼宮的『閉鎖空間』是創造不了任何價值的事物。啾太郎說：「能夠滋養心靈的亞空間需要的不是『防壁』，而是『核心』……」，而這個「核心」就是「夢想」。良鶇的出國留學，我們看見良鶇的背後，像是生出了一對翅膀，承載了「自信與力量」之不二的能量，以及解開了與良麒之間愛情的束縛所獲得的「心靈自由」的亞空間，展翅追尋「夢想」。

小景最後藉由杜拉克大師在《運作健全的社會》裡，闡述的一個事實：「一個人即使遷移到與原本所屬社會不同物質現實和問題的環境，還是可以根據原屬社會的價值和觀念來建立成功的社會生活。」聯想到良鶇說：「只要勇氣足夠的話，有些事情是可以不用改變的。」　大師的啓示、良鵪的「不二能量與亞空間」、啾太郎所言的「精彩生活與核心」，如同心靈釋放劑般，打開了小景的心靈，不再執著於眼前看得見、手能觸摸到、以及感覺得到的周遭的世界，覺悟出「只要勇氣足夠的話」，世界是自己創造的。小景穿上了網球鞋出門，感覺太陽異常的明亮，連紅綠燈與行人燈號像是炫耀著某種期待的心情的閃動，使得小說達到非常有意義的昇華。

《網球鞋女孩》將青春覺醒、動漫美學、人生哲理、城市生活與文化觀察等等融冶於一爐，小說中良鵪、良麒與小景之間的友情與愛情故事，充滿著戲劇的色彩，良鵪的追逐夢想與小景的青春迷惘、啾太郎的隨性逐流與良麒的務實性格互相對應，交織了一個極富於張力的青春世界。作者特別用心著墨於小景內心世界的感受，纖細入微地描述小景內心的掙扎、懷疑與心理變化，此爲本書最爲精采之處。

然而作家楊依射創作《網球鞋女孩》的目的並不止於此，小說以「夢想」有如「**那耀眼得猶如太陽光線的色彩**」爲起始，點出了「夢想」爲人之生存價值的核心。書中不停息的透過互相對話和小景的意識思辨，將動漫畫背後所隱藏的哲學意義一一浮現出來。作者以哲理與抒情交織的敘述，看似輕鬆的筆調，實質用意深遠地反思生命的內在力量。

在這思想、體制僵固的社會，人有的時候會因爲隨俗而遺忘了自己的堅持與夢想，需要外在的事或物來提醒。良鵜與小景穿上網球鞋，提醒自己已經走在「覺醒」的這條路上，堅持自己，勇敢地追求夢想，這是本書寓意深刻的以《網球鞋女孩》爲書名的原因，希望讀者能夠在喜愛之餘，也從中獲得勇氣，追求自己的夢想。

專案執行長

簡慈利

網球鞋女孩　2009年出版自序

我想談論一下日本的浮世繪。

十九世紀中末葉的日本，正是德川幕府統治下封建制度逐漸腐敗的時期。而這個時代產生的浮世繪藝術，則影響了日後一百年間的庶民文化。

在當時，由武士所組成的封建社會之中，底層的廣大庶民階級所承受的壓迫與剝削，恐怕是現今社會中過著富裕生活的我們所難以切身感受的。貴族社會與庶民社會之間的巨大壁壘，從文化表現的差異上就可以看得一清二楚。我們知道，什麼樣的社會，就會產生什麼樣的文化。一個社會如果產生的是藝術性質非常高的文化，那麼表示社會富裕，人們可以進一步追求性靈的提升。然而如果產生的是激情誇張的文化，則代表該社會的人們有著一肚子不滿的情緒需要宣洩。從這一點上我們能夠清楚地看見一個社會的眞實情況，在當時的日本社會中，受到屬於貴族的武士階級青睞的，是藝術性超高的能劇；而浮世繪，則是庶民文化的一種極致顯像。

浮世繪大行其道的起始點，在於偶像的描繪。當紅的俳優、藝妓等，猶如現今的偶像明星與時尚名媛，演出戲劇、代言商品，扮演著一般人心目中如夢一般理想的生活型態。而在憧憬的基礎之上，更進一步地塑造出這些偶像明星的媒介，正是浮世繪。當時浮世繪的功用可說是涵蓋甚廣，除了繪畫本身的藝術價值之外，同時也是商品廣告、戲劇的宣傳海報，許多浮世繪作品，其實就是現代所謂的平面設計。然而問題是，當這些當紅的俳優與藝妓在一般庶民心目中的地位崛起，而成爲庶民心目中的貴族形象時；也就是說，當底層人民開始以這樣的價値觀來衡量社會，認爲落寞的武士貴族還不如一個社會地位低賤的俳優演員令人憧憬的時候，毫無疑問地，這確實嚴重地威脅了貴族享有一切特權的封建社會結構。因此，爲了維護封建秩序的幕府，下達了一道命令，規定所有的浮世繪畫家在作畫時，只准許使用三種顏色的顏料，並且不准許畫人物畫像。

自此，仕女圖、偶像繪等主題皆受到幕府的嚴格禁止，浮世繪畫家於是轉而描繪風景。大山大水、翻天怒濤，金黃色直至天際的稻穗田景、以及受到西洋畫的影響，而產生的景深層次感構圖寫生。這個時期的浮世繪作品，從單純的物像描繪昇華到了意像詩喻的境界，在不觸犯幕府律法的範圍內，卻以「墨繪松濤聲」的方式，明確地表達出了庶民社會的靈魂與心聲。苦難嚴苛的環境下，總能感知世道的無常，如冷酷無情的滔天巨浪，一個浪峰至另一個浪峰，人在其中的扁舟渡乘，無可抗拒，也無須違抗。冷靜淡看猶如沉穩的山脈，唯有這山，才是無常之中的永恆、與穩定的象徵。描繪風景的浮世繪作品，幾乎是立刻，就在底層社會中大受歡迎，受歡迎的程度更甚先前偶像描繪的時期。而其中的原因，恐怕連當初禁止描繪人物的幕府貴族們都沒有料想得到——因爲當時的庶民階級，並不享有在日本境內各地旅行的自由。因此，能有機會從繪畫中看見廣闊浩瀚的外地風景，這當然比原本憧憬偶像的簡單情感，來得更加深刻、震撼、而且吸引人。這個時期的浮世繪，也是日後發展成爲日本漫畫文化的始祖。包括有限制的使用顏色、簡潔有力的構圖與線條，著重詩喻的精確筆法，以及動態感的巧妙呈現。

在封建制度下毫無自由的庶民社會裡，浮世繪的產生，不僅帶給了人們「夢想」的能力，藉由親近、想像這些美好的事物，而得以從現實的苦難中得到短暫而珍貴的解脫，成爲繼續在沉重的艱困與不自由中與生存搏鬥的一種支撐力量。而這種意義深大的文化表現，也在二十世紀之後以漫畫、動畫的形式承續了下來，成爲今天我們所熟知的動漫文化。

正如浮世繪是庶民文化，今天的動漫作品也同樣被視爲次等文化。畢竟許多人都認爲，在貴族與封建制度皆已不復存在的今日社會裡，人民普遍的生活水準大幅提高，這是一個亞洲各國都興高采烈地計算著飛快成長的GDP數字的時代，人人享有言論與人身自由的時代，低階勞工也能團結起來對抗刻薄雇主的時代；因此動漫文化在今日世人眼中的地位，自然是遠遠不如百年前浮世繪作品之於庶民社會的地位，甚至更加地被低賤化，被邊緣化。然而，如果我們願意撇開終日飽食之後而產生的自以爲高貴的成見、願意去正視社會現實的話，便能夠很輕易的發現，今日的現代社會與過去的封建社會，除了建築樣式不同、污染程度不同、步調快慢差異之外；從結構到結構，從臉色到臉色，從族群歧視到貧富壁壘，試問，有哪一樣，任何的一樣，是眞正的改變了嗎？是眞正的平等了嗎？是眞正的獲得公正了嗎？貴族階層當然並沒有消失，只不過是換了一群人做而已。

不公平到哪裡都是有的，不自由到哪裡都是得承受的，如果人在社會之中能夠找到靈魂的核心，擁有抒發的窗口，那麼不論在什麼樣的社會裡，都必能淡看無常，活在永恆的沉穩山脈之中。捫心自問，自古至今，這不就是每個追求性靈自由的人們所渴求的嗎？如果有人說，封建制度下的浮世繪正是促使庶民社會覺醒的啓蒙藝術，那麼我們恐怕也不得不承認，動漫文化在整個二十世紀飛快發展的亞洲經濟背後，無疑也扮演了舉足輕重的角色。隨手拈來，大友克洋激進的魔幻諷刺，宮崎駿熱愛自然的深度醒思，或者是押井守從群體中抽離俯瞰的冷靜剖析，有哪一樣不是讓我們能從混亂的社會中更加清醒、更加觸摸到自己靈魂溫度的作品呢？

動漫文化不是次等文化。它是今日渾沌世道當中無聲的歌詠、寂靜的反抗、以及笑談風雲的庶民之魂。我們實在應該鼓勵其中優秀的作品，並且給予他們所應獲得的地位，與掌聲。而如果我的這部《網球鞋女孩》能夠幫助些許（甚或少許）讀者得以更加公正地理解動漫文化的話，那麼也就絲毫不枉費我厚著臉皮在這裡大發廢言的冷汗與窘迫了。

楊依射　2008/11/11

CONTENTS
目錄

那是我這輩子第一次，
看見了名為「夢想」的東西。
那耀眼得猶如太陽光線的色彩，
照得我幾乎睜不開眼睛。
於是，我開口詢問它的名字：
它說，它叫做良鵜。

第一章　化身

第一次遇見良鶇，是在一個完全偶然的狀況下發生的，我也在不經意的狀況下，領悟了生命中的另一種新註解。那天我剛下班還沒來得及離開公司，就被姨丈捉個正著，硬拉去陪他與幾個老客戶一起談生意。姨丈與他的老客戶們都是幾十年的網球球友了，談生意自然也是約在網球場來個友誼賽以確認彼此熟絡的友好關係。可憐我從大學畢業之後就進入姨丈的公司，兩年多來致力學習與工作，至今公司的運作雖不敢說完全了解，但是好歹也能掌握個六七成。唯一一件使我困擾不已的事情，就是網球了。我的運動神經實在是不怎麼好，是那種你丟球給我接的話，我就一定會被球砸到臉上的木頭人。有鑑於此，個個球技高超的姨丈與客戶們自然不敢於讓我上場與他們盡情地一較高下，結果每次到了「談生意」的時候，我便只能坐在一旁狀似悠閒享受地乾等枯等，或者自己到一旁練牆區去意思意思地揮揮小拍了。

這天的情況當然也不例外。我獨自往黑暗的練牆區走去，正要伸手摸索照明的開關時，卻看見練牆區後頭的練習球場罕見地還亮著燈。我多事地心想，會不會是管理員忘了關呢？於是很雞婆地走過去想要把那些超級費電的照明燈關掉。一繞過了練牆區，便聽見了規律而俐落的擊球聲，原來還有人在。我被那俐落的擊球聲給吸引了過去，映入眼簾的是一幅十分青春洋溢的景象。男孩穿著白色底水藍色邊的球衣，站在練習場上的發球線後頭，一次又一次的練習扣殺發球。他的後頭擺滿了一籃子的練習球，不出幾分鐘便全部都被他發到球場的對面去了。男孩拖著老舊的大籃子到球場對面將球全部撿了起來，再從對面一顆顆地把球發往球場的這一面。男孩的手臂並不粗壯，皮膚也很白皙，不像是時常在網球場上揮汗曝曬的選手。頭髮是很健康的栗子色，隨著身體與腳步的跳躍閃耀著漂亮的光澤。我就站在場邊看著他這麼一次又一次地練習著發球，就這麼在球場的兩頭來回了好幾次，看得出神。不知道爲什麼，心裡莫名其妙地有一種很熟悉的感覺，彷彿是多年前被自己遺忘的一種情緒，驀然湧現。

就在陷入沉思的時候，擊球的聲音不知爲何停頓了下來。男孩拉起衣擺擦擦額頭的汗水，我不得不注意到他纖細的腰身。男孩緩步向我走來，一邊說道：

「喂，你想打嗎？」

我愣了一下，沒有料到對方會跟我講話，一時之間突然反應不過來，支支吾吾地陷入了錯亂狀態。男孩見狀笑了起來，走到我的面前，問道：

「你想要打球嗎？我們可以一起打。」

「啊……」我正猶豫著不知道該接受還是拒絕，這種時候拒絕應該會很奇怪吧？但是接受的話我又真的打得很爛……慌亂之間，突然看見男孩的球衣左胸口上頭印著「青學」兩個字。我愣了一下，下意識地指著他的球衣說道：

「青……青學？」不會吧？青學？我有沒有看錯？青學！

「噗！是啊，青學喔！」男孩開心地笑了起來，彷彿十分高興我對「青學」這兩個字有所反應。他繼續說道：

「是這樣的啦，我下星期要參加COSPLAY聖殿祭典的網球比賽，還要一人分飾兩角喔！雖然我有把握應該可以拿到優勝，不過對於要扮演不二周助這樣的高手來說，我的發球跟殺球都還是太弱了，不緊急特訓不行呢！」

我也笑了起來，意外地說道：「我都不知道還有這種活動啊！眞有趣！」

「對啊對啊眞的很有趣喔！聖殿祭典是我的生命之泉！」男孩欣喜地說道。他說話時有著一種特殊的語調，會連珠砲般地將一整句長串的話一口氣說完，而不斷句。男孩又接著說道：

「我叫良鶫，你呢？你喜歡網球嗎？我們來一起打吧好不好？」

突然地又是一連串的問題，不過這回我已經比較能夠習慣他說話的方式了，我有些不好意思地說道：

「我叫……」

「小景！小景？」姨丈的聲音突然從練牆區那邊傳來，我趕緊應了一聲以告訴姨丈我並沒有被綁架。姨丈滿臉通紅地從圍牆後頭繞了出來，一看到我便說：

「唉呀！原來你在這裡，姨丈還以為你不見了！」

「啊……不好意思，因為剛好看到這邊有人在打球。」我抱歉地趕緊向姨丈解釋。姨丈一看見我身後的良鶫，立刻笑了笑跟良鶫點了個頭，良鶫說道：

「您好，我們剛剛在想說要一起打球呢！」

姨丈聽了嘿嘿笑了起來（那是姨丈的招牌笑聲，並不是真的有什麼奸詐的意思），爽聲說道：

「哦！那好那好！我們那邊也還要打一會兒，我以為你不見了所以才跑來找你，你們打你們打！」

矯健的姨丈來去如風，爽颯地吹過之後又回到他的那一群老球友身邊。我一轉身正好和良鶇對上了視線，良鶇興味十足地笑了起來，說道：

「所以你叫做小景？哪一個景？該不會是景吾女王的景吧？」

「這……很不幸的就是那個景。」我噗哧一笑，這個叫做良鶇的男孩，看來是個不折不扣的《網球王子》迷呢！我已經有好一陣子沒有看動畫或是漫畫了，不過幸好學生時代也曾經爲此瘋迷。雖然運動神經不好，但是像《網球王子》這種運動型漫畫當時我可是來者不拒的哪！雖然大部分到現在也都已經忘得差不多就是了。唉唉！沒想到我也已經到了足以感嘆少年時的年紀了啊！

此刻良鶇正睜大了眼睛上上下下地打量著我，我感到有些害羞地說道：

「你在看什麼啊？不是要打球嗎？」

良鶇說道：「眞的耶，不說還不覺得，你一說你叫小景，我就發現你跟景吾女王很像呢！瘦瘦高高的，身體結實不會太壯，頭髮也有像景吾一樣稍微的自然捲，只要染淺一點就可以ＣＯＳ景吾女王了！冰帝的制服我哥那裡有一整系列的，你們身高也差不多！就不知道球技如何了？」

我聽了頓時啞然，他剛剛說我很像跡部？我雖然是高了點但也還是算是個清秀型的女生吧？居然說我像跡部……不！不對，現在不是憂慮這個的時候，糟了！考驗球技的時刻終於到了嗎？我老實地對良鵜說道：

「這個……我打的很爛，眞的，請不要期待我！」

「噗！」良鵜又燦笑了起來，彎彎的眼睛瞇成一條線還眞有像不二周助的味道。他說：「那要打打看才知道囉！來打吧！」

「哦……好。」

我與良鵜分別各據球場一方，良鵜輕巧地發了幾球過來給我，都被我笨拙地用力揮到了網子上。我聽見良鵜彷彿自言自語地說道：

「嗯嗯……眞的是打的不好呢！」

我羞紅了臉，這輩子沒這麼用力地握過球拍。這時良鵜又發了一球過來，我使盡了吃奶的力氣將球拍對準彈地過後往我身上飛來的球火速揮了下去，不料，說時遲那時快，球居然從我的眼前消失了，取而代之映入眼簾的是快速接近的紅土地面。我聽到碰的一聲，還聽到好像是良鵜大叫了一聲，我想糟了，難道球打到良鵜了嗎？我意識到自己摔倒了，正忙著要起身去看良鵜，卻發現眼前一片殷紅，除了紅土跑進眼睛裡面刺痛得我睜不開眼睛之外，眉骨與額頭摸上去也是一片濕漉。我聽見良鵜的腳步聲匆促地跑了過來，他抓住我的肩膀輕輕將我扶起，說道：

「天哪你嚇死我了！居然有人揮拍揮到自己摔倒！你別動我看看傷口在哪？」

良鵜輕輕地將我摀住眼睛的手撥開，我感覺到他指腹的溫度比一般人更為炙熱。此時我的眼睛看不見，因此更能感受到他溫暖的鼻息與輕柔的觸碰。我立刻對自己這樣的心思感到有些羞赧，對方只是個男孩子啊！也許年紀比我小了五六歲以上的男孩子……我到底在想些什麼！人家只是在幫我檢查傷口罷了。吳景！吳景！你振作一點。

良鵜扶著我的頭檢查了好一會兒，終於說道：

「我找到傷口了，在眉毛這邊，我先用護腕給你壓著喔！抱歉我找不到其他東西可以壓。」

我趕忙說道：「啊，不會不會，別這麼說，是我自己不好啦，太笨了。」

「可以起來嗎？」良鵜問道：「我要帶你過去找你……姨丈吧？剛剛聽到好像是姨丈。」

我說道：「對，是我姨丈沒錯。不好意思給你添麻煩了。」

「別這麼說啦！」良鵜說道：「唉唷，如果我們兩個一定要這樣一直互相道歉下去會沒完沒了的耶！」

「噗！我也這麼覺得。」我笑道。良鵪也呵呵笑了起來，他幫我壓傷口壓得很用力，那種力道重得令人感覺莫名的安心。我伸手也想自己摀住傷口，良鵪卻沒有放手，於是我們的指尖交錯著，我感覺到良鵪的手指皮膚像是奶油一般的細滑。

眞是個奶油男！我心裡不知不覺地這樣想著，但是同時卻又有一種抑制不住的興奮，我從來都沒有和這樣美型的男孩子靠得這麼近過。這究竟是種什麼樣的心思啊？吳大景！你你你你你眞是不要臉！

良鵪扶著我走回姨丈與他的球友們正飆得狂熱的球場旁邊，這群熱血的中年男子漢們完全沒有注意到我們的存在。良鵪四處張望了一會兒，看見一旁也正在觀看姨丈他們比賽的管理員，於是把我推到管理員面前，向管理員要了醫療急救箱。管理員一邊幫我用沾濕的紗布清理傷口，一邊隨意地與良鵪哈啦了起來。管理員說道：

「怎麼樣啊？良鵪？發球練得如何？」

「唉唷，我覺得我球速好慢啊！想要發狠使勁的時候不是掛網就是出界。還有啊，雖然我也盡量握緊球拍來加速旋轉力度，可是總覺得擊球時肩膀的感覺怪怪的，轉不順！」

「我不是跟你說過要靠身體的力量嗎？不要轉肩膀啦！那樣是錯誤的會受傷耶！」管理員激動地說道。良鵪聽了也跟著激動起來：

「我沒有轉肩膀啊！當然是用身體的力量去帶動！可是就算不是打球，我右手往上舉的時候肩膀就會很怪，吼！如果怪的是左肩就好了！那樣就跟手塚一樣了，差一點！」

「噗！」我不禁笑了出來，連這種事情都可以扯到COSPLAY上頭，眞是太強了！管理員又說道：

「不過良鶇啊！你已經連續三年都模仿不二了耶！要不要換一個啊？」

我聽了不禁心中驚嘆！連續三年啊！這傢伙眞有毅力！良鶇接著說道：

「嗯，可能明年會換角色吧？不過今年還是不二！因爲去年太可惜了！我模仿的部分明明就已經拿到最高分的了耶！可是因爲打輸了結果最後沒有優勝。今年一定要雪恥！」

良鶇說著果眞咬牙切齒了起來，不過轉瞬間又垂喪了氣，說道：

「但是去年那也是沒辦法的事情，誰叫對手是我哥啊。唉……」

「哈哈！」管理員大笑道：「好啦！不過就算今年再對上你哥也不要逞強啊！你那肩膀很爛。」

「噗！是啊！」良鶇笑道：「就跟手塚一樣。」言下之意還挺得意的。這時管理員已經幫我把傷口處理好了，我突然問道：

「對了良鶇，你不是說你還要分飾兩角嗎？除了不二之外另一個是誰呢？」

良鶇聽了眼睛一亮，說道：「吼！問得好問得好！另一個是岡浩美唷！」

「岡浩美？」我感到很疑惑，岡浩美？那不是……

「對啊！岡浩美。就是網球甜心的那個主角。」

「啊？我知道她啊……可是……？」可是岡浩美是女的耶？雖然說良鶇確實是個不折不扣的美少女型男，但是居然能夠為了COSPLAY反串女裝？眞是熱情啊！良鶇說道：

「啊，小景你該不會以爲我要反串女生吧？」

「什……什麼意思？」

「其實我不是反串女生去COS岡浩美唷！事實上是反串男生COS不二啦！」

「什……什麼！」我大吃一驚，瞪著眼睛忍不住盯著良鶇上上下下直瞧。良鶇原來是女生啊！良鶇見我吃驚的模樣感到十分得意，呵呵笑說：

「沒錯沒錯！反串男生可是我琢磨多年得來的高深特長喔！這一切都是爲了表達我對不二的愛！」

「這……」我眞的嚇到了，因爲自己完全把良鶇當成男的。現在仔細一瞧，才發現良鶇確實是個實際上很漂亮的女孩子！我驚魂未甫地說道：

「天哪！這算是什麼表現方式啊！」

良鶇哈哈大笑道：「既然愛上了一個不可能得到的人，那麼就把自己變成他吧！然後用著對方那性感的口吻說道：『我絕不跟同一個女人上第二次床！』哦哦……就像這樣。」

「啊？那是……？」我又陷入了疑惑之中。良鶇瞪大了眼睛說道：

「咦咦你不知道喔？就是帕茲先生啊！攻殼機動隊的帕茲先生！吼！我超喜歡他那型的！」

「原來是這樣啊……」我恍然大悟地說道：「你說的是第二季吧？」

「哈！你有看喔？沒錯就是第二季！個別的十一人互砍的時候也很讚！」

「那你怎麼沒有去練劍道？他們當時用的可是武士刀！」我好笑地問道。良鶇聽了立刻扯下臉兒，故作嚴肅狀說道：

「不行！周助是我一輩子的愛！我看我就用周助的外表去泡妞好了。」

「啊？泡妞？」我差點被自己的口水嗆到。

「對啊！像現在這樣我不就泡到你了嗎？」良鶇突然笑得有點邪惡。我聽了臉上一陣躁熱，整個體溫直直從頸根冒上頭頂。一開始我確實把良鶇當成男孩子了，照這麼說的話，我的確是被他給「泡」了。……唉。

「不過啊良鶇，這種講法讓我聯想到公主公主的四方谷耶！」我笑著說道。良鶇聽了眼睛又是一亮：

「哦！你是說泡妞不成反被泡嗎？」

「是啊。」

良鶇想了想說道：「不對唷！我覺得如果我沒告訴你其實我不是男生的話應該已經成功了。」

「唉唷！」我整個臉又燒了起來：「不要再講這個了啦！」

良鶇大笑，拉住我的手說道：「小景小景，下星期你要不要跟我們一起去聖殿祭典啊？你有去過嗎？很好玩的唷！」

「你們？」我問道：「你們是指……？」

「我啊，我哥啊，還有很多COSPLAY的同好啊……好不好一起去嘛，我可以幫你打扮！」

「可是我都要上班……」我支支吾吾地說道，自己雖然也算是小小動漫迷，但是對於COSPLAY一向沒什麼興趣，總覺得是無聊人做的無聊事。

「我也要上班啊！是星期日早上開始唷！所以星期六有很多時間可以準備！吶，這個給你。」

良鵜遞給我一張小卡，上頭印著她打扮成不二周助的大頭貼照片、郵件網址與手機號碼。好笑的是小卡背面還附註上了她的個人資料，像是身高啦、生日等等，順帶一提，她的身高是一百六十七公分，生日是二月二十九日。我不禁笑了出來，說道：

「最好你眞的是二月二十九日出生啦！根本就是不二的資料嘛！」

良鵜一笑，說道：「是啊，我就是不二！噗！」

我也笑了，但是一時之間卻不知道要說些什麼。雖然直覺上通常我都會拒絕，不過這次面對著良鵜，卻很難得的感覺到猶豫。良鵜也許是察覺到我的猶疑，於是說道：

「這樣吧！星期五晚上你再告訴我要不要來好了！小景你一定要打電話給我唷！就算不來也要講一聲喔，因爲我會等。」

「喔……嗯，也好！」我感到有些不好意思，聽見良鵜說「她會等」時，不知爲何突然間有種莫名的情緒刺進我的心裡。我很努力地克制住自己幾乎脫口而出的應邀承諾，只是淡淡地點著頭。良鵜不以爲意地對我笑了笑，指指外頭說道：

「你姨丈他們好像打完了耶，我也該回去了。」

「嗯……」我難以忍受自己對於良鵜產生的愧意，於是主動說道：「我星期五晚上會打電話給你。」

「ＯＫＯＫ！等你電話唷！」良鶇比了個ＯＫ的手勢，提起球拍袋子站起身來往外頭走去：「那我先走囉，掰掰啦！」她露出不二般的招牌笑容，想必這招也練了很久。

「嗯，掰掰！」我也起身向良鶇招手，卻突然驚覺這樣目送著良鶇離去的背影竟令我有些惆悵了起來。那樣的感受使我不禁錯愕，因爲我居然產生了彷彿自己正依戀地爲情人送行般的錯覺，甜蜜而不捨。原來……女性朋友之間也會有這樣的感覺呀？我不禁下意識地檢討起自己簡直是荒漠般的人生觀來。激動之下，忍不住地產生了這樣的想法（我不得不承認這確實是太過激情的想法）：

如果……我是荒漠中的枯木，那麼今日初識的良鶇，便猶如突來的山洪；它可以輕易地將我沖刷到世界上的任何地方，甚至朝向幽遠的海底沉積而去……

天哪！我不該如此感性。這樣子多感的柔情，只會使自己痛苦而已！

曾幾何時，我也已經變得太過於膽小了啊！

我深刻地嘆息，爲了自己乾枯的心靈，發出沒什麼勇氣的哀嚎。

但是，即使如此，也請不要再用那樣冷酷的言語，對我展開譏諷的嘲笑了！可以嗎？

（至於這句話究竟是在對誰訴說，就不得而知了。）

空曠的心靈中迴響著多少無助的歌聲……只要是任何一個心靈受過傷害的人，必然都將明白，我此刻的膽怯與惶恐啊！

第二章　心意

躊躇了幾天，關於良鵪所說的ＣＯＳＰＬＡＹ祭典，我還是沒有辦法下定決心究竟是去還是不去。從小到大，我連廟會都沒有參加過，更何況是這種聚集了一堆怪人的慶典！雖然我也確實喜歡動漫畫，但也還不到狂熱的程度，套句龍馬的名言，就是：「還差的遠咧！」。再說，星期日還要早起的這回事情，對於睡眠時間有限的上班族來說，實在是比加班還要恐怖的惡夢啊！

衡量內心的秤重，當然想都不用想也知道拒絕的那一端絕對遠遠領先。不過很奇怪的是我卻一直沒有辦法下定決心，似乎在等著什麼契機使內心的審判來個大翻案！說老實話，我很討厭這種感覺。討厭得不得了！七上八下的。就像是聯考放榜前一天晚上的心情一樣，反覆地不斷想說……會上嗎？會上嗎？說不定會上吧？說不定剛好掛車尾！然而如此期待了幾分鐘之後，又會突然莫名其妙地感受到一陣絕望，想說……糟糕了！沒有上就完了！這麼想的話可能就眞的不會上了吧？對了，可能眞的不會上了吧？我考的那麼爛……然後過了幾分鐘，心裡又會突然出現一絲小小地希望，說著……唉唷，說不定眞的是掛車尾就掛上去了……諸如此類不斷反覆，情緒也自然跟著忽高忽低，吼！很煩。這種時候就會很希望有人能夠直接立刻幫我決定：「吳景，給我去！」或是：「吳景，不准去！」之類的。

姨丈是個網球癡！每個星期固定打三次球，長年下來已經打了十多年了。我知道姨丈星期四還會再去打一次球，掙扎了一整天，傍晚的時候終於鼓起勇氣，首次主動提說自己也要去。姨丈當然很高興，再怎麼說我也是他的外甥女，自己的女兒不能時常陪伴自己，外甥女來陪當然也好！畢竟在一群年齡相仿的老球友面前，有家人陪伴的總是特別風光，這種風光跟球技高下是沒有什麼關係的，與事業的大小也沒什麼相干，它代表了一個中年男人的人生成敗。雖然我去網球場事實上也沒怎麼在打球（根本不會打），也沒怎麼在練習（太累了），不過光是一起去，或是單單坐在旁邊看，就能夠爲這「風光」的評價達到良好的加分效果。

但是啊，我想不用說大家也都知道，其實我是抱著忐忑不安的期待，心想或許能夠在球場再度遇到良鵪。不知道爲什麼，我的心中就是有一種直覺，認爲如果再次見到良鵪，並且能夠聊上幾句的話，或許我就能夠從中尋找到那一線契機，進而幫助自己決定是否要答應良鵂的邀約。然而這無疑是很狡詐的心態，我自己知道，請不用提醒我。也或許……還有一種可能性是，我只是單純地想再見到良鵂而已，畢竟仔細想想，自從離開大學之後，自己也已經好多年沒有認識新的朋友了。

說老實話，對於那種能夠離開一個環境很久之後，還都跟當時的朋友保持良好聯絡的人，我實在是覺得很敬佩！如果要說到我個人的交友紀錄的話，那麼我必須坦承，至今爲止我還沒有跟任何一個同學，或是朋友，能夠保持基本聯絡超過一年以上的。還記得小時候不是都會去學校上課嗎？（……突然意識到自己說了廢話……眞是抱歉！）那時候我就發現，要持續地跟同一群朋友維持密切的關係，好難啊！有些同學就是會很固定的兩三個、或是三四個自始至終都很要好，然而這種事情從來都不會發生在我身上。每隔一週，或是一個月的時候，只要班上一換座位，原本座位四周與自己較爲要好的同學就會隨著座位的遷移而逐一分散，然後……對我而言，那就是這一段關係的結束。許多那些始終都很要好的同學們，儘管座位淪落到多麼遙遠的天涯海角，她們都還是會不畏重重阻礙與艱險，上課的時候風雨無阻地傳紙條，下了課搬桌併椅地只爲了一起吃便當，上廁所的時候一定手牽手，放學的時候一定要互相等來等去一起走……當然我也不是完全沒有做過這些單純又天真的事情，只不過每次都幾天就懶了，好累啊！因此時常被認為，我有著嚴重喜新厭舊的差勁性格，好吧！就某個程度上來說我也無法否認就是了。

不過，既然都說到這裡了，那我也就順便來叫屈一下好了。我真的不是因為喜新厭舊才沒有跟朋友保持聯絡的！實際上來說的話，就只是「沒那個心」吧？（糟糕，這樣講好像更惡劣……）好吧！為了洗刷自己的名聲，那我來舉的例子做比喻好了。

還記得中國古代有某個文人（很慘，年代跟名字都忘了）也有著不修邊幅的惡劣性格，一次與友人的聚餐中，這傢伙狂吃兔肉，把兔肉吃得一乾二淨，其他滿桌的菜餚碰都不碰。他的友人很驚訝，會後對這傢伙的妻子說道：「原來他這麼喜歡吃兔肉啊？」妻子聽了之後問道：「請問，當時兔肉是不是擺在最靠近他的正前方呢？」友人答道：「是啊！」妻子於是說道：「他並不是特別喜歡兔肉，只是剛好那盤兔肉離他最近而已。不然下次聚餐時你們在他面前擺很難吃的醃羅蔔乾看看，他會照吃不誤的。」友人聽了覺得很有意思，隔幾天再邀這傢伙一起吃飯，並故意在他面前擺了真的很難吃的醃羅蔔乾，這傢伙果然一如其妻所說地照吃不誤，其他菜餚看也不看。友人這才相信，這傢伙確實根本不在意飲食與味覺。

好，講的很爛，但是說完了。這也就是說，我的交友心態基本上是飢……這個……

飢不擇食！（噗！抱歉，這樣的講法很有政府官員的風格！）當然不是飢不擇食的意思，不過算了，我眞是離題大王！總之，舊的朋友都沒有聯絡了，進入姨丈的公司開始上班後也沒有時間或是環境交到新的朋友，更別說男朋友啦！唉，我都已經二十五歲了說！想到這裡心中也不由得小小地怨嘆了起來。或許，寂寞也是想要再見到良鶇的因素之一吧。

（對，終於講回重點了……好累！）

晚上與姨丈一同來到網球場，與姨丈的那些球友們一一打過招呼之後我便迫不及待地往練牆區走去。練牆區一如往常的寂靜黑暗，我甚至可以聽到自己的心跳聲在噗砰做響，像是第一次鼓起勇氣要去與暗戀的男孩說話般緊張冒汗。我突然驚覺到自己似乎緊張的很沒道理，再怎麼說良鶇也是個女孩子吧！而且年紀也應該比我小，應該當對方像個妹妹一樣就好了，我幹嘛要緊張啊！沒錯，就當對方是個妹妹即可，我應當擺出溫柔大姊姊的親切風範！嗯！

下定了決心，再度跨出步伐，卻發覺腳步有些虛軟。唉，果然還是緊張啊！愈靠近就愈緊張，耳朵也不知不覺地豎了起來，迫不及待地希望快點聽到良鶇練球的擊球聲音。然而，隨著距離的靠近我的心也愈沉愈低，眼看練牆區後頭的球場也是一片黑暗，不要說沒有擊球聲了，連照明燈都沒有開。我感到一陣絕望的窒息，然而腳步反而變得輕盈許多，想說，還是繞過去看看吧！反正已經知道沒有人在那兒了。我繞過練牆區，注視著黑暗的球場一會兒，果然眞的沒人。嘆了口氣，正要轉身離開時，卻突然警覺到球場邊邊有東西在動！我嚇得全身冷汗，心臟直沉肺腑之間，僵硬的轉過身，定睛仔細看去，才發現黑暗中有個人影，正往我這邊走來。我嚇得僵直了身體，一動也不敢動地呆在原地顫抖著，心想糟了糟了糟了，會這樣躲在黑暗中活動的人肯定不是什麼正人君子之輩！我正要鼓起勇氣拔腿狂奔之時，那黑暗中的人影卻突然尖叫了一聲，大聲說道：

「啊啊啊！你！你誰！」

我愣了一下，對方的聲音聽起來挺耳熟，也像是個女孩子的聲音。這時我更覺得糗了，才驚覺到自己身材高大，一動也不動地站在黑暗中的形跡，似乎比對方更爲可疑！我趕緊出聲澄清說道：

「啊，沒有，我只是來這邊看看我朋友有沒有來！」

對方聽了瞬間停住腳步，四周一陣死寂。許久，對方突然說道：

「嘿嘿，難道你是小景？」

「啊！」

我一驚，對方怎麼會知道我的名字？還沒反應過來時對方突然大笑了起來：

「噗哈哈！唉唷我是良鶇啦！真的是小景耶！光是啊一聲我就認出來了，我好厲害！」

「啊……」我一陣糗，想到剛才自己等於是承認了自己是過來這邊找良鶇的，天哪！這種幾近於癡情的行為居然在這樣的狀況下被揭發，我感到臉上被撕去了一層皮！極度地害臊下趕緊想轉換個話題，說道：

「吼，良鶇！你嚇死我了，既然在這邊幹嘛不開燈啊？」

良鶇聽了說道：「我剛剛近來的時候有先開了啊，不過這種燈開很慢，今天不知道為什麼又更慢，所以才想走過去檢查我有沒有開好嘛！然後你就出現了。什麼啊！我才嚇死了好不好！既然過來了幹嘛不出聲啊？還說我咧，噗！」

我也笑了，很老實的說道：「因為我以為你是歹徒之類的傢伙咩！」

「噗哈哈哈！」良鶇大笑道：「我也以為你是專門在夜晚出沒的變態。」

兩人忍不住在黑暗中狂笑起來，不一會兒照明燈終於逐漸亮了起來，我看見眼前的良鶇，今天她穿著正常的成套網球短裙，頭上戴了半頂的遮陽帽，十足是個俏皮的女子網球選手模樣。我問道：

「現在又沒有太陽幹嘛要戴遮陽帽啊？」

良鵪說道：「這樣才像岡浩美呀！練習的時候就要戴習慣才行，不然比賽時會覺得很礙事。」

「哦，原來是醬。」

「嗯啊。」良鵪說道：「對了小景，你決定下星期要跟我們一起去祭典了嗎？」

我不由得遲疑了一會兒，說道：「其實……我還沒決定耶……」

「喔，這樣啊。」良鵪笑了笑，似乎沒當一回事，看看照明燈亮得差不多了，便轉身走進球場開始練習高手發球，沒再跟我聊天。

就跟看姨丈打球時一樣，我又被晾在球場的一旁。然而，這會兒看著良鵪練球，看了一陣子之後卻逐漸發覺，看良鵪練球實在是一點也不會無聊耶！不知道爲什麼，看著她獨自一個人站在球場的遠遠的一角，那麼專注地從拋球，併腿，跳躍起來擊球……偶爾會「喝！」的一聲喊出來以助長氣勢等等，她的一切是那麼的引人注目！手握球拍的角度，側身拋球前微微縮身的對齊動作，擊球時左臂彎曲後縮帶動身體動力的姿態，收拍後落地前雙腳絕妙的位置……良鵪的一切動作都是如此優雅而充滿美妙的線條與弧度，每一個舉手投足都充分顯示著高級的平衡美感。我看得呆了，不由得想起西班牙芭蕾名伶露西雅·拉卡拉著名的《天鵝湖》之炫示舞，俏皮而精緻，典雅而堅實！良鵪的身上確實有著這樣子的韻味，這幾乎可以說是一種天賦！

我驚喜不已，不過當然這也不是說平常看姨丈他們打球時有多麼糟糕就是了。事實上我想就實際發球的威力來說，姨丈其實已經算是職業選手級的水準了！只是看著一推中年男人擠在一起打雙打就是很難看出什麼興味來，這麼說來果然還是青春的肉體好啊……哇……我我我在說啥！不是的！我是說……唉，人要描黑自己還眞容易……唉唷我只是要說，良鵪的動作眞漂亮啊！

就這麼過來又過去地一口氣連續練習了好幾個回合，良鵪突然走了過來，看見我似乎有點驚訝，說道：

「啊？你一直都在這邊嗎？」

「是啊。你擊球的姿勢眞漂亮！」我忍不住誇讚說道。

良鵪似乎顯得有點不好意思，笑說道：「唉唷，我以爲你會回去找你姨丈了說！眞抱歉我太專心了，你要打嗎？」

「啊不用不用，你也知道我不會打。」

良鵪呵呵笑了兩聲，拿起水瓶喝了幾口水，我發現她喝水的時候會把水含在嘴巴裡，然後再一小口一小口地吞下去，這個動作讓她看起來像個可愛的小栗鼠。我藏不住心中滿懷的笑意，淺淺地從嘴角邊流露了出來。良鵪喝完水，一邊做起暖身操一邊向我問道：

「你不打球爲什麼要來呀？」

我愣了一下，然後我的嘴巴瞬間竟然超越我的意志自己開口說道：

「我來看你啊！」

「啊？噗！」良鵪忍俊不住，憋著臉笑了起來。我嚇了一大跳，自己居然說出這種話？天哪！我得趕快轉換話題才行，於是趕緊說道：

「良鵪，你怎麼練完球才做體操啊？」

「哈哈，這個嘛，因爲剛才忘了做嘛！這叫做亡羊補牢。」

我聽了大笑，不過笑得有點假，只希望能夠笑久一點來掩飾剛才的尷尬。

「良鵪你是高中生嗎？還是大學生？」

「都不是耶！」

「但是你看起來是學生的年紀。」

「是喔？但是，我是西元一八三三年出生的喔！」

「啊？」我愣道：「一八三三年？」有什麼象徵意義是嗎？

良鵪說道：「是啊，我是三胞胎唷！我跟小夜還有歌之女神一起出生的。」

「你該不會是在說血戰ＢＬＯＯＤ＋吧？」

「是啊，什麼，原來你很清楚嘛！」良鶇露出挑釁的滑稽表情說道。

「可是，這樣的話你不就是翼手了！你不是說你是不二嗎？」

「喔，」良鶇笑了一聲，說道：「也就是說不二其實是翼手！」

「哈哈哈！太會扯了吧！」我大笑道，居然把血戰跟網球王子混在一起？我於是挑釁地問道：「那麼，請問你的騎士在哪兒咧？我怎麼沒看到？」

良鶇想了想說道：「嗯，對吼，我也沒看到。跑哪兒去了呢？傷腦筋。」

我笑說：「那麼請問你有幾位騎士呢？」

良鶇沉思了一會兒，悠悠地說道：「這個嘛……搞不好我沒有騎士唷！」

「怎們可以沒有騎士？這樣就不是血戰了！」

「爲什麼一定要有騎士？唔？難道說，啊！這樣好了！小景你當我的騎士好了！」

我大叫說道：「吼，哪有這種的？騎士哪有女的啊？」

良鶇也大聲說道：「哪沒有？你看血戰裡面的騎士從歐吉桑到正太都有！爲什麼不能有御姊？」

「哦哦？你覺得我算御姊嗎？好高興！」

「為什麼不算是御姊？」良鵠瞪大眼睛問道。

我說道：「我已經二十五歲了耶？」

「是喔！啊……難道說，這樣應該算是歐巴……噢！幹嘛打我啊？」

「你敢把最後一個字講出來試試看！」我故做威脅狀，順勢舉起球拍助長聲勢。良鵠一見大驚，板起臉說道：

「球拍不是用來打人的！跡部，罰跑操場五十圈！」

「噗！」我大笑起來，壓低聲音說道：「哼！休想命令我！」

「我要以下犯上！」良鵠叫道。我也不甘示弱地說道：

「是嗎，那麼罰跑操場追加二十圈。」

良鵠大叫：「喂，怎麼變成你在罰人！」

我笑道：「嗯嗯，因為這樣……似乎蠻有意思的呢。」

良鵠一聽激動了起來，著急說道：「吼！不要跟我搶不二的台詞！可惡！（抓起球拍）燃燒吧！BURNING！」

瞧著良鵠入戲的模樣，我強忍住心中爆笑的慾望，做勢推了推眼鏡狀說道：「最近火氣有點大喔，要不要試試新開發的特製乾汁？」

「嘶———！」良鵜不甘心地模仿起網球王子的海棠薰，死命地一邊搖頭一邊發出嘶嘶聲。

「耶！」我好笑地比出了勝利的手勢，說道：「太幸運了！ＬＵＣＫＹ！眞是天助我也！」

「吼，討厭啦！小景你好去都往自己身上貼！」

「啊？」我愣了一下，重複說道：「什麼東西好去往身上貼？」

「噗！」良鵜突然大笑起來，一邊笑一邊抓住我的手，笑個不停，說道：「對不起，是好『處』……噗噗噗……」

「哦，好……處……哦哈哈哈哈唉唷喂呀！」我爆笑開來，突然間因爲笑得太過頭胃有點抽筋。我一手按住胃部一邊笑，感覺到良鵜抓著我的那隻手異常滾燙，彷彿燒熱的熨斗似地貼著我的皮膚。我突然有些恍神，不自覺地不斷強烈意識到良鵜的手掌觸感，灼熱的炙燙從我的手腕傳遍全身。我無處脫身，霎時間四周的景物形體恍如都被這灼燒的高溫融解變形，猶如沙漠中的海市蜃樓一般凌空懸浮而不斷抖晃。心臟重重地抽縮悸動，我甚至可以感覺到大量的血液瞬間迅速往頭頂竄去……如果這樣繼續竄上去的話，或許頭髮會豎起來吧？我的思緒顯然也被突來的高血壓衝上了天際，一時之間還眞回不來。良鵜也許察覺了我面色有異，有點謹愼地問道：

「小景？你還好嗎？」

「啊，我沒事，可能是白天爲了提神喝太多咖啡了。」

「是喔，你臉色有點蒼白說。」

「嗯，等一下就好了，不過我剛才決定了一件事情。」我露出決心殉道的神態說道。

良鶇聽了也一副好奇狀，問道：

「哦哦？是什麼？」

我頓了一會兒，緩緩說道：「我也去聖殿祭典。」

「哦？你終於決定要當我的騎士了嗎？哈吉？」

「啥！不要給人家亂叫那種奇怪的名字啦！還有我哪時有要當你的騎士了啊？」

「哦？可是當我的騎士的話就算是御姊唷！」良鶇不懷好意的笑著說。

「這樣啊，好那我當。」

「噗！你很現實耶！」良鶇大笑，肩膀控制不住地一縮一縮的抖動。我忍耐住想要伸手把她的肩膀壓住的衝動，板起臉說道：

「喂，你也笑得太誇張了！」

良鶇說道：「可是，聖殿祭典不接受自創角色的說。」

我說道：「唉唷算了啦，我想去看看，但是並不想COSPLAY。」

「那怎麼行！」良鶇大叫：「唉唷我要開始練球了，不然我親愛的哈吉在旁觀戰的話還打輸就糟糕了！」

「欸，不過小夜也時常打輸啊！小夜幾乎從來沒有靠自己的力量打贏過。啊，不對！我什麼時候又變成哈吉了啊？」我有點無力的說道。

良鶇輕笑一聲說道：「說的也是喔，不過至少也不能輸的太難看，至少要能夠撐到哈吉有空來幫忙的時候。」

良鶇說完自顧自地走回球場，朝著牆壁自己打起球來。我發現她習慣使用俐落的平擊正拍以及簡潔有力的雙手反拍，輕巧的移位腳步令人想起最近微笑復出的瑞士前球后辛吉絲。

我又再度被晾在球場的一旁，欣賞著良鶇獨自練球的英姿。我突然心想，之所以會覺得良鶇擊球的姿態如此動人，有沒有可能部份的原因是因爲……她總是獨自一個人站在球場上的緣故呢？她的姿態展現出了那種……獨自一人奮鬥的孤獨身影，雖然我現在看不見她的臉，但是卻能夠清楚地想像良鶇此時臉上的神情：她會是那麼的專注、那麼的堅毅、並且，那麼地純粹。那種空心無物的沉默與孤獨，是我這種沒有夢想的凡夫俗子，所無法到達的境界啊。

我看著良鵜絲毫也不停歇的揮汗姿態，她的那股專注之情瞬間深深地感動了我。突然間我覺得自己彷彿已經認識她很久很久很久了。我自嘲地笑了起來，用長久以來習以為常的冷漠與惆悵提醒著自己：

雖然開心，不過，還是小心不要陷得太深哪！你這個笨蛋吳景！

蚊子在我的頭頂嗡嗡做響，群聚了之後又隨之散開。我抬起頭看看這些也許正在盤算著要不要攻擊我的生物，心中竟然有點感懷。我悲傷地從包包中拿出隨身的防蚊噴霧，帶著一種悲憫的心意，朝著牠們嘶——的一聲噴了下去。

第三章　吻？

星期六下午去找良鶇的時候，我遇見了蓮。那是良鶇的哥哥，良麒。

爲什麼說良麒是蓮呢？這絕對不是沒有原因的。當我一進入良鶇住處的家門，良麒就迎了上來，爲我拿拖鞋倒冰茶之類的。過了一會兒，才剛沖完澡的良鶇從浴室興奮過頭的跑了出來，對我說道：

「小景！我決定了！你是娜娜！我哥是蓮！」

我嚇了一跳，說道：「哪有這種事啊？幹嘛擅自幫人家決定嘛！我也想自己挑選角色啊！」

良鶇說道：「可是我昨天想了很久，沒有什麼角色比娜娜更適合你了！娜娜的裝扮難度也不會太高，而且這裡還有一個現成的蓮！多棒！」

「喂！」我大叫：「好歹也先問一下當事人的意見好不好？」

「哦？我的話沒有問題唷！因為已經連續COS手塚太多次了，也想換換胃口。蓮的造型也滿容易的，剛好我頭髮也剪短了。」良麒若無其事的說道，好像這事兒跟他沒有什麼關係似的。

「哈哈哥，我原本看你剪這髮型還在想說，難道你是要COS乾嗎！」良鶆笑了起來，良麒摸摸自己的頭髮也笑著說：

「乾同學也很不錯啊！非常注意身體健康的優秀球員！」

趁著良麒與良鶆說話的時候，我終於有機會好好兒仔細打量良麒一番。就如他所說，良麒的頭髮理了個清爽的造型，加上他的臉形英挺瘦削，確實和蓮的形象相去不遠。我甚至發現良麒的眉毛有仔細修整過的跡象，漂亮又鋒利的眉型弧度顯得他的眼神有型又清亮。良麒的身形修長，整整比我高出了快一個頭那麼多，這樣算來應該有一百八十五公分左右。我暗自欣喜，很難得能夠遇上比我高這麼多的男生，更何況良麒長得十分俊挺。

良麒與良鶆講完話突然朝我看了過來，我還來不及轉開眼睛裝作沒注意，眼神便不幸地互相對上了。我尷尬地全臉一熱，硬是咬著下唇拉起一個很醜的笑容來。良麒看著我一笑，朗聲說道：

「不過COSPLAY就是要有成對的夥伴才好玩嘛！對吧娜娜？」

我一愣，恍惚地說道：「哦哦，是啊。但是良鶇，良鶇不是要COS不二嗎？」

良鶇說道：「是啊！要參加那個網球賽就一定要是COS動漫的網球角色才行啊！今年應該是我最後一次COS不二了。」

「這樣啊，」我猶疑地說道：「但是，這樣你不就只有一個人嗎？我想我還是……」

「喔，原來小景你是在擔心這個啊！」良鶇笑道：「不用擔心啦！啾太郎會陪我，他也有參加網球賽。」

「啾……啾太郎？」這……這是什麼怪名字啊？

「是啊，啾太郎。之前跟我一起練網球的朋友啦！之前他都COS芥川慈郎或是丸井聞太比較多，很可愛唷！超成功的！不過這次啾太郎好像也想COS不二的樣子，眞是的，我好擔心喔！如果啾太郎也COS不二的話我可能就拿不到優勝了，他會比我更像。」

我笑說：「怎麼對自己這麼沒信心？我覺得你已經很像了！」

「但是啾太郎有著一個我無法超越的先天優勢。」良鶇擺出一副十分沮喪的模樣，嘟起起鼓鼓的嘴巴好可愛。我問道：

「什麼先天優勢？」

「啾太郎是男生。」良麒接口解釋道。

「哦，原來是這樣。」我笑道：「不過說眞的，我第一次看見良鶇的時候也以爲她是男孩子。還在想說，天哪！沒想到世界上眞的有這麼美型的男孩子！噗！」

「哈哈！」良麒聽了大笑：「你一定是看到她COS不二的時候吧？」

「是啊是啊！」良鶇搶著說道，表情十分興奮：「小景以爲我是男生，還一直臉紅心跳的說！害得我超有成就感！嘿嘿！」

「唉唷天哪！」我笑著遮起頭臉說道：「不要再用那個挖苦我了啦！良鶇你很壞心耶！」

良麒也指指良鶇笑了起來，我忍不住偷偷地注視著良麒的每一個細微反應。很奇怪的是，良麒幾乎每次都立刻發現我在看他，害得我時常窘迫到一個極限。良麒倒是沒什麼特別的情緒反應，看他那副怡然自得的樣子，恐怕平日就時常對女孩子亂放電吧？在良麒的面前我變得很拘謹，良鶇似乎也發覺到這點，於是拉著我說道：

「小景你有類似娜娜風格的服裝嗎？沒有的話我們現在去逛街來買好不好？」

我想了想，娜娜那種重搖滾風格的服裝就業之後就都淘汰的差不多了，因爲上班也不能穿，可能還是需要重新添購，只好說道：

「沒有耶，可能全部要重新買才行。之前的都丟光了。」

「這樣啊，」良鶇聽了很開心地說道：「那太好了，我們去逛街吧！下午逛完把配備都買一買然後晚上我們要試妝喔！」

「試妝？」

「是啊，就是練習化妝。看怎樣畫才會最像。」良鶇說道。

「哦哦，原來是醬。那快點出門吧？我要買的可能很多？希望不會太貴。」

「嗯嗯！」良鶇笑道：「幸運的是，娜娜風格的衣服愈是便宜的店選擇就愈多。小景你有靴子嗎？」

「有啊，我有很多靴子。以前買的也都有留下來。」

「那就太好了，靴子不用買的話，我想運氣好的話差不多……」良鶇突然安靜心算了一下：「應該差不多六七百塊就可以搞定了！」

「眞的假的？」我驚訝問道。

良鶇咧嘴一笑，說道：「我說運氣好的話嘛！」

「哈哈，說的也是。」我也笑著說道。良鶇笑著拿起皮夾與鑰匙，拉著我往門外走去，一邊向良麒說道：

「哥那我們出去囉！晚餐回來。」

良麒聽了趕緊說道：「回來順便幫我買晚餐！」

「啊？」良鵠張開嘴巴叫了一聲：「你這懶鬼！我們要去逛街耶！回來的時候肯定大包小包沒有手幫你提晚餐啦！應該是哥你幫我們準備晚餐給我們回來吃才對吧！」

「唉唷我要準備論文耶！眞是不懂得體恤兄長辛勞的傢伙！」

良鵠一聽，便放下手上的東西，走回去一頭栽到良麒身邊，在那邊又撒嬌又耍賴了起來，硬是要良麒答應了幫我們準備晚餐才肯罷手。我被晾在門邊乾等，意識到自己此時先走也不是，進去也不是，看著他們兄妹繼續在那兒磨蹭也不是，但又不看也不是……唉，有點累。

我心裡頭突然有一種奇怪的感覺，看著良鵠與良麒互相撒嬌的那種親熱情狀，不自覺地感到有些不是滋味兒。因爲自己是獨生女所以完全不明白，一般兄妹之間的相處，莫非就是這樣的情形嗎？爲什麼感覺……嗯……該怎麼說呢？難道說，我這是在忌妒？霎時間我被自己這樣的念頭嚇到了，天哪！我這是在幹嘛？人家是兄妹我有什麼好忌妒的啊？眞是的！受不了自己。

「好啦好啦我會弄晚餐啦！眞是磨不過你！快點過去人家娜娜在等你啦！」良麒耐不過良鵠過人的磨功，一邊努力將良鵠推開一邊笑著無奈應允。我心裡鬆了一口氣，心想，吼！終於結束了嗎？良鵪得意地嘿嘿笑了起來說道：

「眞的喔！要幫我們弄晚餐喔！」

「會啦會啦！我買便當可以吧？」良麒一邊整理衣服一邊說道。他的上衣已經被良鵪抓到幾乎整個翻轉過來了。我看了有點無言，心裡只有一個很大的問號：兄妹之間眞的是這樣啊？太驚人了！第一次知道！

良鵪走回我的身邊，笑著把我推出門，回頭又向良麒喊道：「便當的話我要雞腿的喔！」

「好啦！你沒問人家娜娜要什麼的？」良麒的聲音從室內傳了出來，我感到有點受寵若驚。良鵪聽了問道：

「吶，今晚我哥請客啦！耶！小景你想吃有什麼的便當？」

我想了想，並沒有什麼特別想吃或是不想吃的，於是便說：「都可以啊，跟你一樣好了。」

良鵪聽了似乎很開心，轉頭又對良麒喊道：「小景也要雞腿！」

「知道啦！快去逛街吧！」良麒喊道。他的聲音讓我想起某個日本動畫界還蠻有名的聲優，一時想不起名字，不過，是我很喜歡的聲音。

一路上，我為了想那個聲優的名字有點恍神，良鵪皺著眉頭問道：

「小景你在想什麼啊？都不理人家，好討厭喔。」

「啊，抱歉，我在想一個聲優演員的名字，一直想不起來，好討厭啊……」

「誰啊？哪個聲優？我幫你想吧！」

「這要怎麼講啊？我就是想不起他的名字啊！」

「嗯……不然講作品好了，例如說他配過哪些角色之類的。」

「我想想喔……」我又陷入了一陣沉思，作品啊……我只記得幾部而已，像是……

「啊！他有配過吟遊默示錄的奧爾菲！」我大叫了出來。

「哦，櫻井孝宏嗎？」良鵪說道：「幹嘛突然想這個啊？」

我有點不好意思地說道：「我覺得你哥的聲音有點像他。」

良鵪聽了大叫，說道：「不會吧？不像櫻井孝宏啦！其實比較像三木眞一郎喔！不覺得嗎？」

「三木眞一郎啊……」我想像了起來：「經你這麼一說確實……不過三木眞一郎幾乎配每一個角色的聲音都不太一樣，不像有些聲優的聲音很好認，一聽就知道。」

良鵪說道：「三木眞一郎的也很好認啊！確實他的聲音跟語調都會隨著詮釋不同角色

而改變，不過咬字的方式卻不會改變喔！」

「什麼？聽這麼仔細啊！」我笑了出來：「眞厲害，這麼有研究！」

良鵪聽了很開心的笑道：「我哥也很喜歡三木眞一郎啦，有的時候會模仿他講話，像是死神的那個誰啊……」

「誰啊？」我問道。良鵪想了想，歪著頭說：

「那個十二番隊的前隊長……叫什麼……後來開雜貨店的那個！」

「哦哦！浦原喜助！人家哪是開雜貨店啊？」我大笑道。

「就是雜貨店啦！吼，開始挑衣服了唷！三個小時之內要全部搞定！」良鵪突然這麼說道，我驚訝地問道：

「啊？不會吧？這麼趕？有什麼急事嗎？」

良鵪噗哧一笑，說道：「沒有啊！只是平常就要訓練自己養成良好效率的習慣！」

「唉唷！你以爲這裡是軍中啊？」我笑道，整個人被良鵪拖著跑。良鵪一邊跑一邊叫道：

「答數！一、二、三、四！」

周圍路人的目光都被良鵪的答數聲吸引了過來，我窘困得羞於見人，情急之下趕緊反身過來將良鶇一把抓住，說道：

「走了啦！去挑衣服了！」

我抓著她的手臂迅速逃離現場，良鶇一邊大笑一邊被我拖著走，那感覺像是牽著一隻大型寵物在街上亂逛似的。良鶇的身體有一種很美妙的溫度與觸感，我突然意識到自己竟然對良鶇有種莫名的渴望！

思及至此，我立刻放開了手，趕緊隨便找間店舖裝模作樣地挑起衣服來，試圖掩飾忐忑不安的心情。良鶇像隻小貓一般黏在我的身邊，我們的身體不時相互觸碰，每一次都像是有電流流過似的，我的意志也因此渙散，幾乎沒有辦法將注意力放在眼前這片堆得如山高的服飾當中。

幸虧良鶇很順利的幫我挑著衣服，她自己也買了新的護腕。就如良鶇所說，她在這裡挑衣服確實很有效率，可見對於這些店家都已經相當熟悉了。整條街都逛完也不過一個半小時，我們已經兩個人四隻手通通爆滿。逛得很累，良鶇提議先去喝點飲料再回家。我口也很渴，於是便找了間飲料店坐下來休息一會兒。

良鶇點了葡萄柚汁，我則點了一般的冰紅茶。我發現良鶇喝飲料就跟她在運動場上喝水時一樣，會喝一大口之後再小口小口地吞下去，總是把整個臉頰漲得鼓鼓的，好不可愛。良鶫見我在看她，說道：

「小景你很容易臉紅你知道嗎？」

「我？」

「是啊，」良鶫伸出手指頭嘟住我的臉，說道：「現在就紅紅的。」

「啊？」我羞了起來，良鶫的舉動讓我產生一種親密的錯覺。我實在是無法理解自己爲什麼這麼容易被良鶫逗弄，簡直退化到像初戀的國中生一樣。

「小景，你覺得我哥怎麼樣啊？」良鶫問道。

「你哥？」我心裡震了一下，擔心臉又紅了起來，沉吟了一會兒說道：「嗯，很好哇，你們兄妹感情很好的樣子，眞羨慕！」

「這樣啊，那就好！」良鶫笑了起來：「因爲你們明天要扮演情侶嘛！如果第一印象不好就沒那個感覺了。」

良鶫的笑容看起來十分完美，沒有一絲逞強的跡象。然而不知爲何，我的心裡卻有種被拉扯的感覺，彷彿這話聽了有些刺耳。問題是，我爲什麼要懷疑呢？我又爲什麼會感到刺耳呢？眞是奇怪！自從認識良鶫之後，心靈的感受，似乎就開始逐漸超出自已的理解範圍了。

晚餐，果然是雞腿便當！良麒依照良鵜的「諫言」通通都買了雞腿便當。我問良麒為什麼自己不買些自己愛吃的，他說道：

「如果只有我一個人買別種口味的話，良鵜一定又會要跟我換啊，到最後我還不是一樣要吃雞腿的？」

「哦，是醬子啊！」我笑了起來，良鵜聽了著急道：

「喂，你怎麼把我講成那樣？我才不會要跟你換咧！」

「是嗎？不會要跟我換的機率大概是十次裡面只有一次吧？而且那一次的機率是因為我只吃肉燥飯。」

「吼，最好是你有可能只吃肉燥飯啦！」良鵜不服氣地大叫。

良麒聽了說道：「嗯，是不太可能。不過這樣的話，機率就變成百分之百了。」

「什麼！」良鵜大叫一聲。

「所以結論是最後我還是得吃雞腿便當。這不就是理所當然的事情了嘛！」良麒一攤手，對我笑著說道。我看著他們兄妹拌嘴，心裡有點茫然的感覺。一邊吃著雞腿一邊對良麒回笑了一下，竟無意間發現他的睫毛出奇的長。

吃完便當又試畫了妝，良鵜堅持要我一定要整套服裝都穿過才算數，還幫我拍了照片做定裝。良麒也拿出據他說已經變成壓箱寶的皮褲與夾克，試著做了蓮的打扮。由於蓮的頭髮是比較長的刺猬頭，良麒很努力的想要把頭髮像漫畫中的蓮一樣豎立起來，不過卻不怎麼成功，頭搖一搖頭髮就都彎倒下去了。最後大家想了折衷辦法，就是讓他把髮尾抓尖，搓成小撮狀，至少這樣比較持久。我也嘗試了從來不曾畫過的下眼線，與濃厚的煙薰眼妝。「睫毛一定要從根部夾成九十度直角之後，刷成一束一束直直的！」這是良鶇衷心的建議。爲了模仿娜娜俐落的髮型，還動用了離子夾。我穿起吊帶網襪與擺摺短皮裙，差點沒被鏡子裡的自己給嚇出了魂，說道：

「天哪！我可以去接客了。」

良麒笑著攏住我的肩膀，低聲在我耳邊說道：「不行！我的老婆不能亂看別人！這樣我會吃醋。」

淡淡的空氣被他的聲音震動傳入我的整個背脊與耳膜當中，差點沒把我給當場麻死。我被良麒的耳語搞得全身雞皮疙瘩，腦袋都不知道飄到那兒去了。

良鶇看著我們，臉上露出了狀似滿意的微笑，志得意滿的說道：「很好很好！氣氛很好！就是這個味道！」

我下意識的想要掙脫良麒的環抱，卻發覺良麒的手掌溫度超低，冷冷的扣住我的肩膀。無意間我看向良鵪掛著完美的微笑眼神，她的眼睛像是晶亮的玻璃球體，不知為何，我彷彿看見了那般深入骨髓的網狀裂痕，在光線隱蔽的另一個曲面裡，刻入了溫熱的心扉。

我怔忡而遲疑，恍若自己踏入了一個不該踏入了領域之中，破壞了原本應有的某種微妙平衡。我看了看時鐘，才突然意識到自己已經在良鵪家叨擾了太久的時間，於是有些狼狽地趕緊收了收東西，起身告辭。良鵪露出一副依依不捨的表情說道：

「什麼？已經要走啦？再多玩一會兒嘛小景！」

「不不不，明天大家都還要早起呢！我可得回去早點睡才行！」我裝出一副灑脫的模樣說道。

良鵪嘟起小嘴，用著很「克制」的撒嬌語調對我說道：「唉唷！平常不就也都差不多時間起床的嘛！」

我有些難為情，只能支支唔唔的斷續推辭。良麒從鑰匙盒裡拿了把鑰匙，走了過來說道：

「好啦好啦，反正明天一大早就會見面，你猴急個什麼勁兒？」良麒大手揉搓著良鵪一頭柔軟的短髮：「你明天也要比賽啊！早點睡吧，我開車送小景回去。」

聽良麒說了話，良鶇只好心不甘情不願地安靜了下來，目送良麒開車載我回家。我感到有些愧疚，同時另一方面又覺得終於鬆了一口氣。良麒看出我的疲態，笑了笑說道：

「真抱歉，小景，良鶇這孩子就是這麼任性，真是爲難你了。」

我嚇了一跳，趕緊說道：「啊，不會啦！其實我很高興呢，能夠認識你們，真的很開心。只是……」

「只是什麼？」良麒問道。

我遲疑了一會兒，說道：「嗯，只是啊，可能是因爲我沒有兄弟姊妹的關係吧，所以看你們兄妹的相處，覺得很不可思議……」

「是嗎？」良麒挑起了一雙鋒利的眉毛，很有趣的問道：「哪些地方不可思議呢？」

「這個嘛……」我想了想，說道：「應該說是氣氛吧？真要具體說明我也說不上來。」

「哈哈，這樣啊。」良麒笑了笑，突然把車靠邊停了下來，轉頭面對著我說道：「那麼，如果我們兄妹讓你選，你會比較喜歡良鶇，還是喜歡我呢？」

「啊？」我愣住了，完全地！這是什麼問題？那有人會這樣問的啊？

「……但是，我今天才第一天認識你而已啊……」

良麒的眼睛瞬間閃過一絲詭異的光芒，說道：「哦，那你是比較喜歡良鶇囉？」

「呃……也……也不能這樣講啦……」這是什麼理論？他們兄妹要怎麼比啊？我又不是雙性戀！

良麒的一張俊臉跨越空間的阻隔向我愈靠愈近，目光也直凜凜的逼迫而來，我感覺自己都快要顏面神經失調了。良麒盯著我看了一陣子，湊上我的耳邊，再度向我耳語：

「其實呢，你是我很喜歡的型呢，小景！」

我全身立刻又麻了起來，良麒說話時的氣息吹拂在我的頸根與耳畔，當我對上他的眼睛，卻有種矛盾的感受。良麒的臉再度向我逼近，用著三木眞一郎似的聲音緩緩說道：

「可以吻你嗎？我的娜娜！」

「啊？」我還反應不過來，良麒的唇已經貼上我的，並伴隨著炙熱的氣息侵襲而來。良麒的吻就像是一大團的低氣壓一樣籠罩在我的上方，強烈的熱浪侵襲使得我全身都喪失了思考的能力，只能隨著那迷惘的龍捲風暴，扭曲著蠕動的癱軟身軀。

或許是我的腦袋剛好正處於暴風圈之外的緣故，並且彷彿事不關己的看著這一波熱浪肆虐。風暴般的熱吻綿密而冗長，這使我知道，正在親吻我的，並不是良麒的心。

回去的路上，我們都沒有再說話，平靜得彷彿是墓穴一般深奧。也許是因爲我們都從方才的熱吻中明白到，不管是有心還是無心，在這樣的時刻裡，我們都「不會」去拒絕對方。

是的，不是不能夠。而是……「不會」。

第四章　對決

星期日一大早，我便被門外的喇叭聲給趕著出門。良麒開著車與良鶫七早八早的就在門口等我了，雖然事前確實有講好時間，不過我被娜娜的繁複裝扮給搞得昏頭轉向，差點沒把煙燻妝畫成骷髏頭妝。見我遲遲沒下樓，良鶫於是跑了上來，一進門看到我塗抹得烏漆摸黑的眼影，爆笑到嘴巴都變形了。良鶫快速地幫我做了緊急補救，一雙嫩白的小手在我的臉上與彩妝盤之間飛快地來回躍動，像是洞谷中一群忙碌的岩燕。

良鶫今天也上了淡淡的彩妝，在這麼近距離的凝視下，我不得不承認良鶫的上妝技巧確實比我高明許多。她用了很奇妙的手法使雙眼看起來更加柔和，並且呈現出細長的彎月形狀，完美地呈現了不二那般迷死人不償命的著名眼神。我任憑良鶫的小手在我臉上摸來摸去，微熱的氣息也吹拂在我的髮梢上，突然間我感覺到一種很美妙的氣氛，這氣氛使得我必須耗費掉很大的精神力，才能克制住自己想要抓住她的手兒親吻下去的慾望。然而，當我求助似地望向良鶫，卻被她專注於替我拯救彩妝的認眞神態給制止了。我明白，良鶫對我無心。

良麒在樓下等得不耐煩，終於也停了車子上來一窺究竟。他進門一看見剛被良鶫裝扮好的我，立刻展現出驚喜的表情，大呼道：

「哦哦！眞不愧是我的娜娜！果然很像呢！」

良鶫一聽也開心的笑了起來，說道：「我就說扮成娜娜會很像吧！」

「唉唷，多虧了良鶫上來幫我及時補救了一下，不然原本眞的很慘。」我不好意思的說道，害他們等這麼久。

良麒不以爲意，把我跟良鶫全部趕下樓擠上他那台奶油色的金龜車，終於朝聖殿祭典的會場直奔而去。我感到有些不可思議，問道：

「好特別啊，怎麼會想到要買奶油色的金龜車呢？」

「這是良鶫選的啦，我原本是打算要買休旅車的，可以載很多東西。」良麒說道。良鶫聽了立刻接口道：

「不要啦！休旅車看起來好像大蟑螂。」

「噗！哪裡像大蟑螂了啊？」我笑道，良鶫的感官思考都跟一般人不太一樣。

「就大大隻的，肚子裡裝很多卵的感覺……嗯……」

「好……好誇張的講法！」我驚呼道，不過這種說法確實也有點像就是了。

「對了小景，今天將會是很值得紀念的一天喔！真開心你來了！」良鶇從前座整個人翻轉過來趴在椅背上說道：「這是我最後一次COS不二參加球賽了，所以也可以說是我的『不二的告別式』！」

「這樣啊！」我說道：「那……之後呢？岡浩美嗎？還是音無小夜？」

「之後啊……」良鶇似乎陷入了一陣小小的沉思：「不會有之後了吧。」

「啥？」我愣道，之後不再COSPLAY了嗎？還是……？我看著良鶇有些惆悵的表情，似乎她的心裡有些什麼我不明白的隱情困擾著她。我無意間從汽車的後照鏡中看見自己的臉，突然感到臉上誇張的妝容顯得諷刺不已。如果說良鶇心中有著什麼陰影，那麼，那個陰影也將會同樣困擾著我。我有著這樣子的預感。

良麒的車上放的是伊藤由奈的新單曲《Precious》與動畫BLOOD+的ED3《This Love》，兩首歌曲不斷交替重複。不知何時良鶇將音響的音量轉高了，整個車內的狹小空間裡頓時豐滿了起來，滿溢著那些感性的腔音、堅定的信任、和平的旋律，以及纏繞著深刻的勇氣、與複雜的愛意。我們都沒有再說話，我知道良鶇想聽歌。並且，在那樣的歌聲中，在那樣異常堅韌的「愛」的面前，我們之中，沒有人能夠抬得起頭來。

開了快一的小時的車程終於抵達會場。祭典的會場上到處都掛滿了花花綠綠的旗子，在淺灰色的陰鬱天空下顯得特別光彩奪目而耀眼。時間不過是早上七點半而已，會場各處已經聚集了許多動漫愛好的COSPLAY團體，各團體的團員之間也會互相較勁，但是當他們全部一字排開拍照時，卻又相互配合得天衣無縫，氣勢凜然。會場的一旁就是一個八面大的網球場，今天要參加網球賽的COSER幾乎都已經在一旁熱身等待。良鵪下車之後毫不猶豫地朝向網球場走去，直直走到其中一個同樣是青學裝扮的男孩身邊。我定睛一看，不由得驚訝不已，向良麒問道：

「良麒，那個，現在在跟良鵪講話的那位COSER，該不會就是啾太郎吧？」

良麒往我手指的方向看去，說道：「是啊，那就是『傳說中的』啾太郎！」

「吼，天哪，好像喔！真的好像！」我驚呼了起來，簡直一模一樣！

「唉，啾太郎果然這次還是決定COS不二啊！真是很有他的風格，完全不留情面呢，呵呵！」

「不留情面？什麼意思呢？」我愣愣的問道。良麒瞧了我一眼，指著啾太郎說道：

「你看嘛！站在啾太郎的旁邊，不覺得良鶇就完全不像了嗎？」

「啊，說的也是，眞的耶……」我恍然大悟，跟啾太郎一比，良鶇看上去，擺明就是個模仿不二的女孩子了，而啾太郎則是天生的不二。良麒補充說道：

「再說，眞要比網球，良鶇也打不過啾太郎。」

「這樣啊……那……怎麼辦呢？」我猶疑地說道，看著良鶇細瘦的手臂與雙腿，不由得開始心疼了起來。啾太郎看起來個子跟我差不多高，應該有一七五左右，體型也明顯的比良鶇健壯許多，再怎麼奶油的美型男，畢竟也是個實實在在的男孩子。

良麒看我緊張的模樣，笑著摟摟我的肩，親暱地說道：「算了吧，反正這次的情況良鶇也是早就知道的了。我們到看台上去吧，嗯？」

我抬頭看見良麒親暱的笑容，突然想起昨天的吻，眼神無法控制地停留在良麒淡薄的嘴唇上，好不尷尬。良麒見我害羞，笑著說道：

「嘿，小景你要拿出氣勢來呀！你現在可是我的娜娜耶！黑道夫人！」

「噗！」我表面上裝做好笑，心中卻抑制不住地暗自竊喜。今天的良麒幾乎就跟漫畫中的本城蓮一模一樣，被這樣的性格帥哥親暱的在大庭廣眾之下摟摟抱抱，實在可以說是我人生中二十五年來最風光的時刻之一啊！我無法不去細數四周投射而來的羨豔目光，跟良麒在一起，實在是太有面子了！我不得不妄想了起來，如果在現實生活中也能與良麒交往的話，不知道那該會是一件多麼風光的事情！

抱著這樣虛榮的心態，我走路有風地與良麒一同移動到網球場的看台上，在距離良鵣最近的地方坐了下來。良鵣抽完籤，看到我們就在她後頭的位置上，開心地向我們招招手。啾太郎也走到良鵣身邊，把手上抽到的籤攤了開來，告訴我們他們兩個抽到同一組號碼。

「什麼意思呢？抽到同一組號碼？」我問道。

良麒說道：「就是他們兩個對打的意思。」

「啥？不會吧！」我驚聲叫了起來：「可是沒有分男女嗎？」

「重點是，他們兩個現在都是以不二的身分出賽啊！」良麒解釋道：「這邊的規則就是這樣，因爲是COSPLAY的網球賽，所以扮演同一個角色的選手們必須先進行互相淘汰賽，之後才與其他角色的選手比賽。」

「哦，原來是這樣啊！」我恍然大悟，但是，總覺得這樣對良鵣有點不公平。

「其實沒有什麼差別，小景。」良麒說道：「因爲，就算良鵣贏了啾太郎，再下一場也是贏不了其他選手的，她雖然很努力，不過體力還滿差的。」

「喂，你怎麼這樣講，聽說良鵜去年最後是輸給你？」

「是啊。」良麒說道：「當時我應良鵜要求COS手塚。既然是手塚對不二，當然是手塚會贏啦！」

「吼，你眞是個沒心肝的哥哥！」我不自覺地流露出嬌俏的神情，埋怨說道。良麒聽了，眼神立刻變幻了顏色，露出危險的神情，說道：

「要比沒心肝，我也比不過你吧？」

「我？我哪裡沒心肝了？」我被良麒看得心中小鹿亂撞，有些心虛地問道。良麒挑逗性地笑了一下，將充滿男性魅力的臉龐從我的眼前移開。我感到有些失落，問道：

「怎麼了嗎？」

「你看，」良麒指指球場：「比賽開始了。良鵜對啾太郎，不二的對決。」

我彷彿被敲了一記警鐘般大夢出醒，對吼，我方才對良麒的引誘與慾望等於是在背叛良鵜！我內心愧疚，卻又很誠實的明白，或許，我很難不去背叛良鵜。心裡的聲音這麼說著，盪漾著坐下的時候屁股與良麒緊貼著的銷魂觸感，更加證實了這項隱密的心思。良麒的手仍然摟著我的腰，隨著幫良鵜大聲加油的呼喝聲中也不時滑向我的臀部，可恥而刺激的是，當我熱情而大聲地爲良鵜呼喊的同時，也確實地感受到，自己因爲良麒的撫摸而腦部充血的暈眩之感。

啾太郎從一開始就飛快地得分，四周觀戰的群眾也給予啾太郎瘋狂而熱烈的歡呼，我吃味的說道：

「哼！啾太郎人氣很旺嘛！」

「那是當然的啊！」良麒說道：「啾太郎是前年與大前年連續兩屆的冠軍耶！不論是COSPLAY的部分還是球賽本身的部分都是優勝。如果不是去年在準決賽敗給我的話，他就已經三連霸了。」

「哦哦，原來是這麼回事啊！」我露出崇拜的神情說道。這神情絲毫不用懷疑，就是用來諂媚良麒用的。

比賽才開始沒多久，啾太郎就已經用飛快的速度取得三比零領先。我感到十分奇怪，問道：

「良麒，良鶇今天是不是不舒服啊？」

「沒有啊？也不是生理期，爲什麼會覺得她今天不舒服呢？」

「因爲良鶇平常練習的時候，擊球的狀態都很穩定啊！可是你看現在，雖然她都能及時到位，可是回球的狀態卻有點糟糕，好像精神很不集中的感覺。」

「哦，你在說這個啊。」良麒說道：「這也是沒辦法的事情，別看啾太郎相貌斯文，體型在男生來講也不算健壯，但是他擊球的力道大得驚人呢！我想良鶇現在應該已經開始手麻了吧？」

「不會吧？啾太郎看起來不像是力氣很大的人呢！」我驚訝地說道。看著局勢一面倒的狀態，不禁著急了起來。良麒說道：

「啾太郎平常或許力氣不大，不過擊球的力道卻很大，這是技術上的問題。其實去年雖然他在準決賽輸給我，但事實上最後我也是只贏一球的險勝，還記得當時打到最後一局的時候，我都已經差點握不住拍子了呢！所以說良鶇在第一場就對上啾太郎，是絕對沒有勝算的。」

「這樣啊……」我沉吟道：「難不成啾太郎原本是選……啊！啊啊啊啊啊！」

我驚叫了起來，就在前一秒的時刻裡，良鶇打出了一個漂亮的過網即墜球，啾太郎從球場後端的另一邊火速衝了過來，原本以爲到位了，沒料這球帶著外旋，彈跳之後整個朝球場外側轉去。啾太郎整個人側身躍起，用拍框的頂端勉強將球撈了回去，良鶇卻早已在網前防守，俐落地一個揮拍將球朝向後場的角落揮去。原以爲這球是良鶇得分了，沒料啾太郎竟然像是瞬間移位般地快速回防，雖然慢了一步，來不及完全到位……瞬間，啾太郎的球拍轉至左手，用左手的正拍迅速回擊，形成了漂亮的穿越球，從良鵜的腳邊浮光般掠過！

一陣寂靜之後，全場都爲這驚險的一球轟然鼓動，我這才發現，沒想到啾太郎居然還有親衛隊咧！正在對面的看台上舉著《啾啾家族》的看板大敲寶特瓶，喊著「二刀流！」、「二刀流萬歲！」之類的。

我簡直是無言加黑線，二刀流？有沒有搞錯啊？不二哪來的二刀流！這樣COSPLAY的部分不應該扣分嗎？正當我忿忿不平之際，良麒卻向我說道：

「不會啊，職業網壇上有二刀流的選手其實很多耶！尤其是習慣打雙手反拍的選手，幾乎都能夠使用非慣用手擊出漂亮的正拍。如果不二周助也會使用雙手反拍的話，那麼他在危急時刻祭出二刀流也不是什麼不合理的事情。這樣的例子最近比較有名的大概就是俄羅斯選手瑪莉亞．莎拉波娃了吧！吼，剛剛那球眞的好精采！良鵜也表現很好！」

「天哪！嚇出我一身冷汗！」我有些驚魂未定的說道。

比賽進行至今已經變成五比零了，剛才驚險的那一球爲啾太郎拿下第五局勝利。由於所有賽程都只有今天而已，所以這邊的球賽是只打一盤決勝負的。這也就是說，良鵜再輸一局的話就輸了。我緊張得手心直冒汗，說道：

命！」

「唉唷良鵪，要贏啊良鵪！」

「算了吧，她不可能贏過啾太郎的啦！」良麒在一旁事不關己的說道。我聽了不禁大叫起來：「喂喂，你怎麼這樣講話！要為良鵪加油啊！人家這麼拼命！」

「只憑這種程度的拼命是起不了什麼作用的，這是實力上的差距。不過下一局良鵪將會扳回一成，最後比賽將以六比一由啾太郎獲勝。」

「啥？你什麼時候又從本城先生變成乾同學了？」

良麒笑道：「這不是乾同學好不好，是觀月同學的完全不準大預測。」

「吼，最好是眞的完全不準啦！眞是的！怎麼會有這種哥哥……」

埋怨之中，良鵪又開始發球。對面那些《啾啾家族》的成員不斷地喧嚷噪動，直喊著「再下一城！」、「再下一城！」，聽得我好不心煩，搞什麼啊！「再下一城」是立海大的柳對戰青學的乾的時候，立海大觀戰的學生們喊的耶，現在這邊兩個都是不二你們喊什麼「再下一城」啊？眞是的，一肚子火。

太陽逐漸露出臉來，良鵪果然如良麒所說的開始反擊，雙方在第六局中僵滯不下，來來回回不斷地從四十平、良鵪局點、四十平、啾太郎破發點、接著又回到四十平……如此不斷反覆了二十幾次之多。良麒說道：

「我看良鶇大概快不行了，她的發球對於啾太郎根本沒有用，小心自己不要雙誤就已經是極限了吧。」

我看著良鶇幾乎已經瀕臨虛脫的喘氣方式，大量的汗水溼透了上衣與淺褐色的柔順頭髮，讓我想起不二周助在對戰立海大的切原赤也那場比賽之中的堅忍姿態。心中一痛，我感到十分不捨，向良麒說道：

「唉唷，能不能不要打了啊，看良鶇累成這樣，拜託不要打了……」

「哈哈，那怎麼可能呢？」良麒說道：「單打的球員一旦站上比賽的球場，就是完全孤立的狀態了。能夠運用的資源只有自己的體能，頭腦，以及手上緊握著的球拍，當然，還有從大量的鍛練中累積而成的知識與經驗。除此之外，就只有自己的意志了。」

我瞧瞧正在極限邊緣與自身意志抗衡的良鶇，心裡有種很複雜的感慨，說道：

「被你這樣一講，好像Ｓｔａｎｄ Ａｌｏｎｅ Ｃｏｍｐｌｅｘ的感覺喔……好孤單……」

「是嗎？呵呵，這個世界上的道理都是相通的嘛！」良麒不以為意的笑著說道。也許是他們早已習慣了網球單打時的那種運動員心態，不過看在我的眼裡，卻有些心思梗塞，覺得這樣的心態好無情啊！又不是眞正的球員，幹嘛一定要這麼認眞呢？啾太郎也眞是的，人家良鶇是個女孩子，能夠打到這樣已經很厲害了，何必這麼刁難人家！

看著球場上的良鶇每耗盡全力的回擊一球，我就感到心臟重抽一下，希望這場痛苦的球賽能夠早點結束。然而，不僅旁觀的良麒的臉上沒有表情，就連已經精疲力竭的良鶇竟也沒有露出任何痛苦的神色！我看得出來她的體力已經幾乎山窮水盡了，但是不可思議的是，她的興致卻是依然高昂！高昂且冷靜。

一如良麒的預測，良鶇反擊了一局之後體力耗盡，再接下來的第八局之中，就連要回啾太郎的發球都顯得十分勉強。第八局進行不出十分鐘，啾太郎便以六比二輕取第一盤，在這邊的比賽來說就是獲勝了。

我心想良鶇必定情緒低落，猶豫著不知道等她回來這邊時要對她說些什麼，想著想著臉上也不自覺地露出了難看的臉色。良鶇和啾太郎一同走了過來，我這才有機會好好兒打量啾太郎一番。因爲做著不二的打扮，遠看自然就是個天生系的不二周助。然而當啾太郎走近我的面前時，瞬間，我幾乎忘了要安慰良鶇的憂愁話語，整個視線，都被啾太郎的特異氣質給吸引了過去！

啾太郎這個人，看起來大約是二十歲左右的年紀，與其說他像是個不二周助一般的美少女型男，不如說他簡直就像是個完全理想型態化的人偶！

義體！

我突然想到這個詞。在啾太郎那張如瓷雕般毫無瑕疵的完美臉孔之下，透露著絲毫沒有隱諱的透明表情。那樣的神態在陽光照射的光影之下顯得更加耀眼！我無法不去直接地聯想到少校的特A級義體，與那位被稱之爲笑面男的青年小葵！

實在是太美麗了！我不禁如此讚嘆著。

彷彿是沒有自身情緒的空洞之物，背負著永遠的完美！

我被啾太郎的氣勢震懾而呆滯不已，良鵪親暱地拉著啾太郎的手說道：

「唉唷啾太郎，你嚇到人家小景了啦！」

「嘿嘿，是嗎？」啾太郎笑了起來，臉部終於呈現出眞實人物的樣貌：「眞是抱歉啦！你叫小景是吧？我是啾太郎，你好！」

我愣了一下，趕緊也把手伸出去，說道：「啊啊，你好你好！」

手心接觸到啾太郎的體溫，他的手是冰的。我不禁脫口而出地說道：

「啾太郎難道你是義體嗎？」

「啥？」啾太郎愣道。

話一出口的瞬間我便已知道自己說了蠢話，良騏與良鶇盡皆不約而同地爆笑出來，笑得震天嘎響，那笑聲像是會就這麼直接傳到世界的盡頭一般。啾太郎反而只是抿著嘴唇淡淡地微笑著，說道：

「哦，早就已經超過使用年限了，沒什麼優勢。」

「啊？優勢……噗！」沒什麼優勢這幾個字雖然聽起來怪不搭嘎，但反倒提醒了我。啾太郎說的台詞，是攻殼機動隊第二季之中，巴特追捕久世英雄時，久世所說的話。

「原來是久世先生啊！久仰久仰！」我笑道，絲毫不示弱地點破了啾太郎話中玄機。良鶇聽了得意地說道：

「看吧看吧！我就說小景很厲害唄！嘿嘿。」

「沒有啦！」我不好意思地說道：「良鶇你才厲害咧！剛才的球賽，看得我全身肌肉酸痛啊！」

「爲什麼看得你肌肉酸痛？」啾太郎問道，他說話時眉毛稍微挑起來的神態十分動人，我不禁發覺啾太郎在許多習慣上與良鶇有些類似。我說道：

「因爲太緊張啦！你們兩個打的那麼拼命，嚇都嚇死我了！」

「是啊是啊！我也都快被你嚇死了！」良麒在一旁打趣地說道：「很久沒有遇到有人

看球賽看得這麼激動了！娜娜，你的反應眞是讓我感動不已啊！」

良麒裝腔作勢地猛然把我抱住，我嚇了一跳，但也暗喜在心頭，十分享受這種略爲粗暴的驚喜。

我看見良鶇抓住啾太郎的手握得更緊了些，她臉上的笑容也變得深刻而完美，彷彿是線條柔美而實質僵硬的希臘神雕。啾太郎攏住良鶇的肩膀，將她往懷裡推了推，說道：

「我們下午都還有比賽唷！良鶇也還有一場是岡浩美的呢，可別因爲輸給我就鬆懈下來了！」

「我才不會隨隨便便就鬆懈下來咧！」良鶇定在我身上的視線被啾太郎的話語分散了過去，再度活脫嬌笑了起來，說道：

「眞是的！不要以爲自己贏了我一場就在那邊踐了起來！」

「吼吼！好好好！你厲害你厲害！行了嗎？」啾太郎大笑哄著良鶇，一邊把她推向自己身後，對我與良麒說道：

「麒哥，我們要先去準備囉！小鶇的比賽也會比我的早開始，現在不先沖個澡換裝不行了。」

「嗯，我知道，我帶小景四處逛逛，你們快去準備吧！」

啾太郎與良鵯並肩轉身離去，任誰也看得出來他們倆感情非常要好。我轉身向良麒詢問接下來的祭典行程，卻發現良麒似乎是刻意避開了我的視線一般，低頭嗯啊了幾聲，彎下腰拍了拍褲管，說道：

「不曉得吶，我們就隨便逛逛好了。」

我看的出來他的意興闌珊。

然而，那種從皮膚表層滲入骨髓之中的深刻失落，卻是再怎麼樣也比不上從胸腹之中瞬間猛烈竄起的躁熱之感！

我想，如果我沒有記錯的話，搞不好，那把熱烈燃燒的無名火啊，便是我乾涸已久的靈魂之中，蟄伏多年的、「忌妒的蟲蟲」，也說不定！

第五章　對話

聖殿祭典過後至今約一個月，我的生活也終於重歸於平靜。除了每天工作閒暇時會在ＭＳＮ上會跟良鶫聊個幾句之外，再也沒有在網球場上見到她的身影。然而，如果要說生活中有些什麼事情截然不同於以往的話，那便是，我與良麒之間的微妙關係了。

祭典過後隔幾天，良麒主動約我下班一起吃飯。我原本以爲是到他們家與良鶫一起輕鬆地用餐，於是沒考慮什麼便答應了。然而下班後良麒開著他的小金龜車來接我，卻沒有直接回家，反而朝陽明山區的市郊駛去。那晚，良麒在浪漫的燭光晚餐中，送給了我一條漂亮的、有著心形墜飾的銀質手鍊，問我是否願意與他交往。

我只想了幾秒鐘，立刻就答應了。

雖然答應的時候，自己也還蠻心慌的。因爲，我知道，也許良麒只是爲了想要擺脫一些什麼、想要放棄一些什麼，才會在短短認識幾天之內，就跟我提出交往。然而，或許是自己的心態上也已經到了瀕臨中年危機的年齡吧？即使知道草率了一些，我仍然毫不猶豫的答應了。

良麒對我非常好，好到幾乎讓我喪失了生活上的實際感，只想在他溫柔的寵溺下呼吸……沒辦法，女人果然都還是希望被「臉長的好看」的男人盡情地寵愛啊！何況良麒的聲音又好聽，說情話這項功夫也肯定是練過的！每天在他魅力無邊的磁波干擾下，我過得昏昏然，眼裡盡是一片耀眼的玫瑰顏色。就連工作時幫姨丈做會計報表的時候，螢幕上規律閃爍的游標，也會不由自主地幻化成為熱情又美麗的玫瑰花兒形狀……看來，我無疑已是戀愛症候群的重症患者啦！

星期五的傍晚，我故意對良麒說晚上要加班，沒法子與他見面，而獨自一人跑到東區的商店街尋找合適的禮物。後天正好就是我與良麒甜蜜交往一個月的紀念日了，我一邊思索著要送什麼禮物才合適，一邊來到了誠品書店裡頭的咖啡吧。

「嗯……送咖啡豆不知道好不好呢……」我沉吟著，良麒與我都是重度的咖啡癮君子，送咖啡豆的感覺應該也滿不錯的吧？我不禁陷入了幻想著兩人一同磨煮咖啡之後品嘗的甜美畫面……但是，喝完咖啡之後嘴巴會苦苦的耶……似乎不是很適合接吻？嗯，這樣想的話，送咖啡似乎就不太適合了。

正當苦惱之際，突然有人輕拍我的肩膀，一回過身，正對上一張漂亮的臉孔。那臉孔開心地說道：

「嘿嘿！果然是小景啊！幸好我沒猜錯！」

「啊……啊！啾太郎？好巧啊！你怎麼會在這裡？」我驚呼了起來，啾太郎模仿不二時的茶色頭髮已經染回極深的漂亮棕色了，臉看起來的感覺也變得不太一樣，我差點沒認出來。啾太郎開心地指指咖啡吧說道：

「我剛下班啊！正要去吃飯說！」

「哦？你在這邊上班啊？做什麼呢？」我疑惑地問道。

「就是咖啡吧的服務生啊！」啾太郎說道：「那小景你來這邊做什麼呢？」

「喔喔，我正在傷腦筋呢！要挑禮物給良麒，不知道送什麼好。」我笑著說道，眼裡必定滿溢著過度的幸福。啾太郎說道：

「對吼，聽說你們交往了？真是恭喜！很幸福吼！」

我不好意思地笑了起來，說道：「沒有啦！良麒對我真的很好！」

啾太郎把臉轉開笑了一下，說道：「怎麼樣？小景你吃飯了嗎？」

「還沒耶，一下班就出來了，有點餓說。」

「那乾脆一起吃吧？順便聊聊天？」啾太郎提議道。

「嗯，好啊。」我確實是餓了。啾太郎提議吃義大利料哩，我也滿喜歡的，便與啾太郎一同到他常去的義式餐廳用餐。

聊了一陣子之後，我才知道原來啾太郎已經大學畢業了，現在同時在做三個兼差的工作，咖啡吧的服務生便是其中之一。另外還有晚班的超市結帳員，以及假日班的書店店員等等。我忍不住懷疑說道：

「可是，既然已經畢業了，那爲什麼不去找正職的工作呢？」

「爲什麼要做正職的工作？」啾太郎反問道。

「因爲，比較穩定啊，薪水也比打工多一些。」

「是嗎？但是不能隨意的換新的工作，有事情的時候，或是想休息的時候，也沒辦法跟同事換班不是嗎？再說，一直都只待在同一個環境裡不是很無聊嘛！我覺得直接多做幾個兼差還比較有趣呢！」

「可是，」我問道：「啾太郎你不會擔心以後嗎？」

「以後？」

「就是未來的發展啊！一直打工的話，感覺上很不穩定，也難以升遷吧？」

「嗯……升遷啊，不是很在意耶！那小景呢？你覺得你現在的工作很有發展性嗎？」啾太郎問道。

「現在？因爲我是在姨丈的公司裡上班，所以……」我有些支唔了起來，總覺得心裡虛虛的。啾太郎說道：

「所以也沒去想是嗎？」

「嗯啊，噗！謝謝你幫我接話。」我說道：「不過，我覺得人生還是要吃點苦才會比較幸福。」

「吃苦？你是說正職的工作嗎？」

「是啊，專心做正職的工作，默默的耕耘，才會有開花結果的一天。」

啾太郎聽了笑了起來，說道：「哈哈，但是，與其想盡辦法照著一般大眾的社會期許過生活什麼的，我覺得還不如輕鬆一點來得幸福耶！我可不想只是過個生活也要那麼努力，其實只要默默的接受現狀不就得了嗎？」

我聽了啾太郎的話感到有些不悅，沉吟了一會兒說道：「默默的接受現狀，不去做任何努力，就像你現在這樣，你覺得自己幸福嗎？」

「嗯，很幸福啊！」啾太郎毫不考慮的回答。

不知道爲什麼，他的態度讓我感到心裡一陣不快。但倒也不是說話時的態度，而是啾太郎自以爲豪的那種責任感薄弱的生活觀，因爲某種不知名的原因，而有些激怒了我。他究竟知不知道，別人都爲了些什麼事情在奮鬥啊！

「我看，你這樣只是把自暴自棄的頹廢，冠上好聽的名義，來當作逃避的藉口罷了。」

啾太郎愣了一下，我意識到自己說話太衝了。正想要道歉的時候，啾太郎卻說道：「嗯，沒錯。或許，這就是我對於幸福的解釋吧？只要這樣想的話，幾乎就沒有什麼事情是逃避不了的了，這樣不是也很棒嗎？」

「啊？」這次換我愣住了，世界上怎麼會有生活觀念這麼輕浮的人啊？

啾太郎繼續說道：「光說我，那你呢？小景你難道不是在逃避嗎？」

「我？我又逃避什麼了？」我感到很不高興，我是這麼努力上班的人，爲了上班犧牲了多少自己的生活！怎麼能說我在逃避？

啾太郎說道：「那麼，你能夠毫不考慮的說出來，你確實有在好好的面對什麼嗎？」

「面對什麼？」不就生活嗎？除了工作之外還能有什麼？

「是啊。」

「我不了解。」

「看吧！這就是問題的所在啊！因為事實上，根本沒什麼好面對的。這就是我們生存的時代啊，不是嗎？」啾太郎說道。

「……不是這樣的。」我堅持地說道，怎麼能讓這樣一個輕浮的傢伙駁倒！

「那是怎樣呢？你來說說看好了。」

「這個……」我想了想，有些為難地說道：「一時之間要我說我也……」

「噗！」啾太郎笑了起來，說道：「說的也是喔，太強人所難了，抱歉。」

「啊，沒有，不會啦！不過總之，我沒有辦法認同你剛剛的那種說法。」我突然想起了笑容明亮的良鶫，好像得到了什麼助力，於是說道：「我相信良鶫也一定不是這樣想的！」

啾太郎一聽，眼睛突地亮了起來，說道：「呵呵，是這樣嗎？請問一下，小景你認識良鶫多久了呢？」

「這個……這不是時間長短的問題吧？」我堅持地說道。

「……」啾太郎突然笑了一下，似乎想說什麼卻忍住了。我問道：

「你想說什麼呢？」

「不，沒什麼。」啾太郎笑道：「只不過，希望小景你不要認爲自己有多麼了解別人，包括良鵪。」

「這樣啊。」我輕笑了起來，打趣說道：「啾太郎你該不會是在吃醋吧？」

「我吃什麼醋？」啾太郎問道。我興致高昂了起來，說道

「因爲，如果良鵪也並不是像你那樣的想法的話，你就只有一個人了。孤單的抱持著消極的想法……」

啾太郎笑了笑，說道：「你一定認爲自己很獨特吧，小景？不過即使我現在這樣問你，你一定也會回答說並沒有。但是心裡卻是毫無疑問的這麼認爲的。」

「爲什麼這麼說呢？應該說每個人都很獨特不是嗎？」我不服輸地提出見解。啾太郎伸出修長的食指，指指腦袋說道：

「我能肯定，個別的十一人在互相砍掉彼此的腦袋之前，絕對也是這樣想的。」

我沉吟了一會兒，打趣說道：「你這個人，意外的還蠻令人討厭的。」

「是嗎？」啾太郎笑道：「依我看，那只是因爲我沒有附和你的想法罷了。」

「才沒有這回事！你這人還眞難相處耶！」

「那麼，你認爲自己是個很好相處的人嗎？」啾太郎毫不考慮地反問道。

我感到自己眞的被激怒了，於是慌忙了起來，著急地想要彰顯自己的觀點。我說道：

「這不是好不好相處的問題啊！人跟人在一起不就是這樣嗎？要互相體諒退讓！」

「嗯，我承認對於某些人來說我確實很難相處。」啾太郎說道：「那是因爲我不想去遷就對方的緣故。反之來說好了，有些人認爲自己很喜歡與人群接觸，喜歡大家都在一起，認爲自己很適合與人群相處，但是卻從來都不曾想過，之所以會覺得自己喜歡和人們相處，其實是因爲，他們總是要求別人順從自己的緣故？同樣是自我中心的人，卻有著兩種完全極端的不同現象。這就是對於自身了解的程度上的差距。」

「我不認爲你這麼說是正確的。」我嚴肅地說道。

「你眞的有仔細思考過後再反駁嗎？」啾太郎露出認眞的表情，但看在我眼裡卻充滿了挑釁的意味。我說道：

「你說這話是什麼意思？」我的臉拉的長長的。

「字面上的意思啊。」啾太郎說道：「很多人都會爲了自身忠誠的理念而不加思索的放棄去思考事實的眞相不是嗎？」

「那請問所謂的眞相是什麼呢？」

「哦，事實上就是，根本沒有所謂的『眞相』這回事吧？」

我聽了不以爲然，故做高傲地抬起下巴，說道：「我看，你根本也只是爲了使我懾服而一味地反駁我的任何言論吧！」

啾太郎笑了起來，說道：「小景，你沒有發現嗎？從頭到尾我都沒有反駁你啊！只是，你知道『必然論』嗎？」

「必然論？」我小心地思索著，以免得被認爲我示弱了。啾太郎說道：

「侑子說，一切都是必然的。」

「哦，原來你在說ｘｘｘＨＯＬＩＣ啊！『人與人的相遇』都有其意義是嗎？」

「不。那是侑子的必然論，與我這邊的必然論不太相同。」

「哪裡不同呢？」

「同樣的事情，本身就有無數多種的解釋對吧？同樣是必然論，對於我來說，正因爲一切都是必然的，所以便都不具有獨立的個別意義了。就拿ＢＬＯＯＤ＋中有一段小夜與哈吉失蹤一年的時間裡來說好了。在那段時間裡，因爲紅盾的解散，使得戴比特頹靡不已，變成了終日求醉的酒鬼。不過，看到凱的成長，變得堅強而穩重，任誰都會覺得『啊！凱好帥啊！』而感動吧？」

「嗯，確實如此。」我說道：「酒鬼時期的戴比特其實也很性格啊！不過，這和你的必然論有什麼關係？」

「有關係啊。」啾太郎說道：「戴比特會變得消沉，並不完全是因爲喪失了生活核心的緣故吧？大概只是緊繃太久了，突然間有藉口可以鬆懈下來，因而想要耍點任性休息一下而已。他也努力夠久的了，會想要什麼都不管好好休息一下也是正常的吧？至於凱，身邊的大人倒下了，自然而然地會感受到一種虛榮的責任感，『我不堅強起來不行』、『我不振作起來不行』理所當然會這樣想的吧！既然如此，那麼自認爲沉重的責任壓在肩上，而擺出一副成熟的滄桑表情，也就不是什麼大不了的事情了。反正，一切的轉變也都是其來有自，一切的努力也都不過只是一種時機下的必然現象。簡單來說就是這樣。」

「……」我沉默了，倒不是因爲苟同，而是腦袋實在有點跟不上速度，只好故做沉思狀加以掩飾。啾太郎打趣說道：

「喂，我這段話可是練習過的，給點反應吧？」

「呵呵，我不曉得該怎麼說耶！感覺上很偏激。」

「這不叫偏激吧！」啾太郎誇張地說道：「正確來說的話，應該叫做『空虛』！但是這種空虛也不是不好的那種，如果要舉例來形容的話，大概就像是，每次看完《蟲師》之後的那種感覺。就是空空的，但是，能夠了然於心。」

「那麼，凱在那一年之中仍然義無反顧地相信小夜會回來，你又要怎麼解釋呢？除了信任與愛之外？」

「嗯……」啾太郎沉吟了一會兒，說道：「我想那是因為，不這麼想的話，會活不下去吧？」

我愣了一下，啾太郎的這個答案有點出乎我的意料之外。我想了一會兒說道：

「……就像，良鶇要模仿不二一樣？」

「為什麼這麼說呢？」啾太郎問道。

「不曉得，但是隱約之間，就是有這樣子的感覺。也有可能是我自己想太多了吧？」

我試圖扯開話題，顯現出自己的深度。啾太郎說道：

「嗯，小景你可能沒有發現吧？其實良鶇從一開始，就不是在模仿不二。」

我不了解。

「不是在模仿不二？那不然呢？難不成是直接認為自己是不二嗎？」

啾太郎說道：「不，不是這個意思。一開始在COS不二的人其實是我。」

「我不懂你的意思。」

「也就是說，良鶇從一開始在模仿的對象，就不是不二周助，而是COS不二的我。」

我有些震撼，但是看啾太郎的表情又不像吹噓，說道：

「但是，爲什麼良鵜要模仿COS不二的你呢？有什麼理由嗎？」

「誰曉得，也許就像你講的，不這麼做的話，活不下去吧？」

啾太郎突然擺出一副雲淡風清的模樣，我卻感到有種深陷泥淖的錯覺。我問道：

「啾太郎，你知道，良鵜在認識我之前，究竟失去了什麼嗎？」

「我哪知啊，而且，就算她眞的有失去什麼，良鵜她也不是會拿自己的不幸到處炫耀的人。」

「這樣啊。我沒有遇過什麼不幸的事情，所以不是很明白，不過，總覺得良鵜的心裡，一直都有一個難以塡補的洞，不時左右著她的思維與情緒。」

啾太郎輕笑了起來，說道：

「『人類通常沒有自己想像的幸福或是不幸』，攻殼機動隊第二部電影作品INNOCENCE中，公安九課的荒卷課長也這麼說過吧！但是，不這麼想的話，生活就會變得很無趣。所以說，『因爲生活太無趣的關係而活不下去』這樣的事情，也是有的吧？」

「好殘酷啊！眞不想聽到你這種講法。眞不曉得良鶇到底是在哪裡認識你這種朋友的。」我埋怨地說道。

「醫院。」

「啥？」我愣了一下，因爲沒想到啾太郎會眞的回答這個問題。

「在醫院認識的喔，我跟良鶇。」

「醫院？發生了什麼意外嗎？」我狀似嚴肅，事實上有些興奮地問道。

「嗯啊，我是不小心發生意外才住院的啦！正好跟良鶇住同一間病房，就認識了。出院的時候麒哥還順便送我回家咧！」

「那，良鶇爲什麼住院呢？」我有些著急地問道。

「誰曉得。我沒問啊，她也沒講就是了。」啾太郎一聳肩，隨意地看了一下手錶。

「爲什麼不問呢？」我問道。

「爲什麼要問呢？」啾太郎反問道。

「關心啊！朋友之間……」

「不是侵犯嗎？」啾太郎一語截斷了我的話，說道：「再說，我跟良鶇，也不是那種『朋友之間』的關係。」

「那是什麼關係呢？」

「哈哈，沒什麼關係啦！」啾太郎笑了起來，說道：「好啦！今天就到這邊吧！我晚上還有另外一個打工，時間快到了說。幸虧小景今天陪我聊天耶，不然中間這段空檔還滿無聊的。我得先走啦！」

「嗯、啊……沒有啦！謝謝你請我吃飯！」我趕緊客套地說道。

「嗯，先走囉，掰掰！」啾太郎笑著對我揮個手揮了一下，我也禮貌地向他道別。

正以爲對話結束了，沒想到啾太郎走了幾步，又突然回過頭對我說道：

「對了小景，奉勸你一句。」

「哦，什麼呢？」我問道。

啾太郎沉默了一下，低聲說道：「現在的你，最好不要介入麒哥與小鶇他們兄妹之間比較好。」

「咦？爲什麼？」我問道，爲什麼？我跟良麒都已經交往一個月了耶？

「啊，不，沒什麼啦！我先走了。掰！」啾太郎有些欲言又止地再度向我道別，我則愣在那兒，一時之間回不了神。

爲什麼叫我不要介入良麒與良鶇之間呢？難不成，當我是第三者嗎？開什麼玩笑！他們是兄妹耶？哪兒來的第三者之說！

我滿腹狐疑，心裡變得亂糟糟的。可惡的啾太郎，八成是爲了要挑釁我才這麼說的吧！我說服自己這麼思考著，然而，已經掀起的漣漪，卻無法因此而復歸平靜。

因爲，啾太郎這個人，雖然說話高傲了點，但是，卻不像是會在這種事情上說謊的人。他是認眞的，並且，沒有惡意。我的直覺這麼說著，愈想心裡愈無法安寧，麻癢得像是千萬隻紅蟻爬遍全身。

我提起包包離開餐廳，再度走入了繁華的商圈街道。才發現，這個城市像是患了耳鳴的症狀一般，所有的聲音，突然間通通都聚集在一起了。

霓虹的光彩在黑夜中顯得撩亂而刺眼，我不禁恍然失神。眼前這片熟悉的繁華景象啊……曾幾何時，竟變得如此陰鬱而陌生。

第六章　演繹

刺眼的太陽光從窗簾的細縫中絲線般地射入，我昏沉的張開眼，發現自己的身體被重物壓著，動彈不得。低頭一看，才恍然想起昨夜瘋狂的激情。良麒修長而結實的胴體，有一半的面積正攤跨著壓在我的身上，他像嬰兒般睡在我的懷裡，好不香甜。

我伸手撫摸著良麒的柔軟的頭髮，腦袋不禁陷入了一陣空白。那是一種很美好的空白，彷彿世界上一切的醜惡與憂患都毫不足慮一般。我確實也還記得星期五晚餐時啾太郎說過的那些話，也確實清楚的記得隔天見到良麒時難以排除的憂慮，不過，之後的事情發展得太過於快速，使我至今仍然心神錯亂，難以釐清。

星期六，也就是昨天，良麒很準時地出現在我家門口，他抱著大束的粉紅色玫瑰花，與一瓶包裝精緻，色調可愛的果子酒，慶祝我們交往一個月的紀念日。雖然良麒的熱情表現，稍微地摒除了前一天晚上，啾太郎對我所造成的疑慮，不過良麒仍然敏銳地看出了我的心神恍惚。他藉機向前，用手臂將我攏住，問道：

「小景，你心不在焉喔！在老公面前偷想什麼啊？」

「啊，沒有啦！沒什麼。」我本能地推託道。良麒把我拉到他的懷裡，說道：

「吼！不跟我講自己偷偷想，這樣我會吃醋耶！」

我笑了起來，說道：「眞的沒什麼啦！只是……」

「只是？」良麒接道。我想了一會兒，小心地問道：

「你覺得，啾太郎是個什麼樣的人啊？」

「啾太郎？」良麒說道：「吼，原來是這樣，居然當著老公的面想著別的男人！」

「噗！不是啦！我昨天下班之後，去買東西的時候有遇到啾太郎，跟他聊了一下天。」

「這樣啊，昨天啾太郎應該也都有打工吧？你們什麼時候遇到的？」良麒若有所思的問道。

「喔，對啦！對不起，我昨天沒有加班，是去幫你找禮物了說！大概快晚餐的時候在誠品的咖啡吧遇到的。」

「這樣啊！」良麒很輕易地就接受了我的解釋。說道：「那，你覺得怎麼了嗎？啾太郎？」

「嗯啊，我覺得，他怪怪的。說話也怪怪的，啊，我是說觀念。」

「是喔，會嗎？」良麒說道：「哪裡怪？」

「嗯……像是……」我想了一想，說道：「都已經畢業了可是不肯找正職的工作啊，之類的。」

「就這樣？」良麒笑道，似乎覺得我的說法很不值一哂。我賭氣了起來，說道：「當然不止啊，還有像是，很喜歡否定別人，想法很偏激。」

「哦？」良麒把臉湊近，挑著眉毛說道：「跟啾太郎抬槓吃虧了嗎？好啦乖，老公給你惜惜！」

「唉唷不是這樣啦！」我大叫起來：「我的意思是說，所以才想問你看看啊，你覺得啾太郎是怎樣的人？」

良麒也笑得滿臉通紅，說道：「啾太郎啊，是跟我搶妹妹的人。」

我驚訝地說道：「啾太郎和良鶫在交往嗎？」果然是這樣嗎？我就覺得他們兩個人之間的感覺不同尋常。

「這個嘛……並沒有。」良麒說道。

「那為什麼說啾太郎是跟你搶妹妹的人咧？」

「這個嘛……呵呵，如果良鵪是男生的話，他也就會變成跟我搶老婆的人了啊。」

「啊？搶老婆？說我嗎？」我一愣一愣的。良麒輕點我的鼻子，說道：

「是啊，就是你。」

「什麼啊？完全文不對題！認眞回答我啦！」

良麒大笑，說道：「啾太郎啊，若要我認眞說的話，他是能夠理解世界的那種人。」

「什麼叫做理解世界的那種人？難道說除了『那種人』之外的其他人，就都沒有辦法理解世界了嗎？」我不滿的說道，但事實上也不太清楚自己究竟在不滿些什麼。總之就是覺得心裡有點嘔。

「是啊，那種痛苦的事情就留給啾太郎那種有天賦的人去做就好了，我們的話就只要輕鬆地享受幸福人生就很棒啦！」

我聽了有點不高興，說道：「你覺得我們是沒有天賦的人？」

良麒聽了我的話愣了一下，看著我的臉，認眞的笑了一下，說道：「不會吧？難道小景你因為這種事情而覺得不甘心嗎？」

「不，不是啊……」我急著辯解，卻被良麒打斷。良麒用手指輕壓住我的嘴唇，笑著說道：

「噗！否認得太快，很可疑唷？」

「唉唷！」我叫著一邊輕打了一下良麒的手，說道：「認眞回答啦！」

「好好好，那問題是什麼？」

「你覺得，像啾太郎那樣一直打工，不做正職工作，你覺得怎樣呢？」

「打工很好啊！只是錢比較少，不過啾太郎同時做三個打工耶！所以月薪也不比一般上班族少。而且，不用繳稅吧？」

「可是，」我說道：「打工既不穩定，又沒有合理的升遷管道啊！難道說，一直到中年的時候也靠打工過生活無所謂嗎？」

「如果是自己喜歡的工作型態與環境的話就無所謂吧？其實很多長期的打工工作也都還滿穩定的啦，另外像升遷管道那種事情，重點其實在於懂不懂得討好上司吧？就算是一般上班族大部分也沒有什麼所謂『合理的』升遷管道啦。不過話說回來，你幹嘛這麼在意啾太郎啊？這樣我眞的會吃醋喔！」

「啊，對不起嘛！我只是……」我思索著究竟該如何向良麒解釋心中的疑慮，並不是在意啾太郎本人，而是被他攪亂的情緒。

良麒餵我吃了一顆果子酒裡頭的醃果子，酸酸甜甜的果肉在我的口中逐漸化開，突然引起我一陣眼眶酸熱，不知怎地眼淚就掉了下來。良麒嚇了一跳，趕忙說道：

「小景，到底怎麼啦？好啦我不逗你了，別哭別哭！」

我心裡一陣慌，又一陣莫名的委屈，於是說道：「昨天，啾太郎跟我說，叫我不要介入你們兄妹之間……我不知道爲什麼他要這麼說，覺得好慌啊！」

良麒聽了臉色一陣刷白，神情變得蒼老而痛楚，他的眼睛裡裝滿了一種沉重的情緒，那樣的眼神使我十分忌妒，彷彿良麒始終隱藏著眞正的自我，而不讓我碰觸。並且，那一個部分的眞實自我，是屬於良鵪的，也是啾太郎所知悉的，惟獨我不知情，亦無法探索。

良麒沉默了一會兒，故作輕鬆的模樣說道：

「小景你不要聽他的，啾太郎他吃醋啦！自己沒有女朋友所以忌妒別人！可惡的傢伙，下次我會好好地訓他一頓的！」

看著良麒言不由衷的眼神，我的心裡很清楚，啾太郎並不是因爲「忌妒」，才那麼說的。

我突然有一種熟悉的、被排拒在外的感覺，心裡一陣悽涼。不禁回想起來，從小到大，不論在任何環境之中，我始終都是在被排拒的狀況下成長。沒想到就連談個戀愛，也是一樣的狀況！我始終，都被當成一個外人。

每一次，當我起了慈悲之心，開始想要去了解別人的時候，原本美好的關係就會瞬間破裂，然後被對方很驚懼地、或是很厭煩地一手推開，個性較溫和者，則會締造出一條高聳入雲端的芥蒂之牆，把我與我的憐憫之心，毫不客氣地阻擋在外，無法穿入。

這回，又是一樣。

原來，就連良麒也是一樣。

我抑制不住心裡陣陣泛起的苦澀之感，暗自感嘆著自身命運的悲涼。良麒深邃的眼神與我相視而入，突然之間觸動了我的某根心弦，那種湧然壯闊的豪情在我的腦葉之中牽扯盪漾，霎時間像是敲開了我的天眼一般，讓我瞬間領悟到一件事情。

就算良麒確實是爲了想要逃離些什麼，才這麼輕易地投入我的懷抱，我也無所謂。如果，我可以成爲他的避風港……如果，我能夠當他遮蔽痛楚的棚帳，那麼，就算良麒的心裡仍有太多太多我不能觸摸的部分，我也無所謂！

因爲，那些部分，那些……我所觸摸不到的部分，本來就是良麒「渴望丟棄」的部分！不是嗎？

我這樣想，可以嗎？

我這麼想，可以吧？

我這麼想，是不是，良麒就眞的能夠在我的羽翼之下，得到庇蔭呢？

而在那之後，他是不是，就會只看我一個人了呢？

有人說愛情有兩種，一種是開闊的，一種是密閉的。我和良麒在客廳的沙發上相擁纏吻，他扯下了我肩上的繞頸繫繩，輕軟的洋裝布料隨即退至我的胸前。我雙手環繞住良麒的頸項，任憑他將我攬腰臥倒，雙腿很自然地向他的腰間盤去。良麒微熱的氣息在我的頸根與胸腹之間的敏感地帶來回穿梭，如果我有任何的顧慮，那麼，我相信自己確實也還有足夠的理智能夠推開他，但是，我沒有那麼做。心裡也知道，我不會那麼做。

我迫切地渴望得到良麒，急需要他晨露般的汁液浸潤，不論這樣急迫的心情，究竟稱不稱得上是愛！

良麒很自然地應允了我身體的渴求，事實上，我感覺的出來，他也正尋求著某種難以言喻的慰藉。也許，我們都在「愛」的範疇之外，尋找著另一種形式的避難所。而在那交會的眼神之中，有了一道光亮，使我們的身體糾纏，緊密結合。

我緊咬著嘴唇使自己耐住衝動，不要叫出聲音來，良麒卻三番兩次不斷地挑弄著我的敏感帶，他拖住我的身體不斷小幅調整，並且隨著律動的撞擊，一次比一次更加深入。我眞的迷惘了，是否在身體交融的過程中，心靈也會隨之融合呢？

不知是錯覺還是敏感，良麒的情緒一時之間全都透過了身體的互動而傳達了過來，他的激情如汗水般滴落，伴隨著炙熱的氣息與眼神，在我的體內翻湧著那股劇烈的悲痛……我不由得爲之憾動，良麒的情緒實在太過於巨大，致使我產生了想要逃避的念頭！然而，就算這不是眞正的「愛」也罷，此刻的良麒顯得多麼地脆弱，我不曾見過他這般樣貌！彷彿瀕臨崩潰的邊緣，稍一閃神，就會自我毀滅……

瞬間，我感受到了此刻的特殊性，我是如此獨一無二的存在！強韌的聲音在我的腦中訴說著：

現在，良麒就需要妳！

現在，良麒只能依靠你！

猶如遭受到某種電光火石的暗示咒語，我突感勇氣萬千，近乎一種可歌可泣的壯烈！我抬眼直視良麒美麗的雙眸，用那捨身取義的勇氣，換取良麒最誠摯的情感注視！我不禁哭了，在良麒的目光注視下，眼淚，無法止歇。

良麒仍然溫柔地輕吻我，他的溫柔足以將我溺斃！原來人家常說溫柔足以殺人，大概就是這麼回事。我趴在良麒結實的胸膛上，兩人就這麼靜靜地休息了好一會兒，我們的身體並沒有分開，但卻疲憊得無力動彈。我用自己的溫暖包覆住良麒的敏感與脆弱，希望他能夠感受到我的心意，一如我被他所撼動。

沉靜了許久，我耐不住心中的煎熬，想要與良麒求一個允諾。雖然眞的很落俗套，但是，我就是忍不住要問！

「麒！我問你喔！」

「嗯？」良麒沉穩的聲音好聽極了。

「雖然我知道這樣問很俗……」我欲言又止地說道，總之先鋪陳一下前言……

「我愛不愛你？」

良麒不等我說完，直接反問道。我一時語塞，張開嘴巴不知道該說什麼是好。良麒見我怔忡，淡薄的嘴角拉開一線漂亮的微笑，就著我半張的嘴唇親吻了起來。我思索了一會兒，這樣的表態，到底是什麼意思呢？

「麒！那……答案呢？是什麼？」

「答案很重要嗎？」良麒沉醉地問道。

我沉默了，把牙根咬得緊緊的。莫非，良麒從一開始就不打算給予承諾嗎？不！事實上，我自己也是明知道良麒是爲了逃避才來找我的，然而，難道說，我賭錯了嗎？

「阿眞對小八說，他在ＬＡＹＬＡ的面前，說不出『等我長大之後再去迎接你』，是不是代表並自己不愛ＬＡＹＬＡ呢？」良麒摟著我說道，我愣愣的看著他，很自然地接口說道：

「嗯……沒這回事……」這是小八當時所回答的話。

良騏說道：「是啊！小八還說，『只將完美視爲愛的大人太寂寞了，我不要你變成那樣的大人。』對吧？」

「嗯……所以呢？」我遲疑地問道，良騏該不會眞的蠢到想要拿小八的台詞來當做推託的藉口吧？

良騏將眼睛閉上，沉思了一會兒，說道：「老實說，我啊，實在是一個很糟糕的人，對良鵣也是，從頭糟到尾，就連到最後，也變成讓良鵣一個人去收爛攤子，我眞的是一個差勁到不行的哥哥啊！」

我說道：「爲什麼要這麼說呢？你們兄妹之間到底怎麼了？」

良騏轉頭望向我，他的眼神中透露出一股溫和的悲傷，那是一種未戰先降的無力感，令我想起最遊記裡的八戒。看著這個樣子的良騏，我不由得一陣心軟，責怪起自己來。

如果，眞的那麼痛的話，就不要觸碰了！

我以後再也不會，對你做出這樣的要求了！

所以，請不要害怕！當你在我的懷裡時，就盡可能地，好好的休息吧！

好嗎？

良騏似乎也讀懂了我的心意，他沒再繼續說下去，撫了撫我散亂的頭髮之後，再度綿吻了起來。我有些情不自禁，貪婪地吸吮著良麒的唇舌。彷彿他的嘴裡遭受了毒蛇噬咬，我不得不以性命相搏爲他吸淨傷口一般。這樣的幻想再度賦予了我悲壯的心意，至於配樂的部份，就請各位自己想辦法了。

畢竟，說老實話，我自己也無法確定自己對於良麒的感情是否眞誠。這就有點像是，我抓住良騏這項弱點當成天大的把柄，一鼓作氣地想要趁虛而入的狡詐心態一樣。再怎麼說，我也不能否認自己已經二十五歲這項事實了。如果要我自己下一個標題的話，那麼我會說，這是「悄悄降臨的中年危機」意識啊！

從小到大，人們都說，戀愛就是：看到對方時會高興到一陣頭昏的程度！但是，至今爲止，還沒有任何一位男性能讓我產生這樣的暈眩感受。我相信，現在的女孩子很多都是在不知不覺中，被群體社會的異性戀觀點這樣子教育長大的！於是，每當看見環境中有男性時，總是會很直覺地在心裡計分：

「挑出較優秀的，剔除較不良的。」

就像是挑選牛排一樣，看是沙朗牛排、菲力牛排、普通牛排、便宜的牛排、還是自己煎的牛排等等。遇到有條件優厚的男生時，也很自然地會心動不已！就像突然間看到一客只賣100元的高級菲力牛排時一樣，眼睛會很不自覺地露出驚喜的亮光！

但是，我們都明白。那種心動，就好比是聯考時會夢想考到實力以上的好學校一樣，事實上，是基於社會壓力而形成的「渴望解除壓力」的途徑。

就連與男性朋友約會出門前，必定會化妝打扮這點也是一樣，是基於「恐懼」。害怕被批評，害怕被社會捨棄，害怕被人取笑、鄙夷，害怕被群體的標準剔除，而再度變得孤立無援！

事實便是如此。不是因爲欣喜雀躍，不是因爲渴望見到對方，不是因爲希望對方看見你後，眞實地、爲你的靈魂所傾倒……

更不是因爲……期待。

多少年下來，我一直都是抱持著這樣的觀點，來看待自己與歷屆男友之間的關係的。僞裝成善解人意，願意撫慰他人心靈的好女人；我也留著長髮，穿著魔術胸罩，畫著很淡很淡的妝，刷纖長型睫毛膏……一切，都只是爲了投男人所好。

每次發生性關係的時候也都一樣。我打從心底厭惡那些渴望侵占我的身體的「戀人」們，但是，身體卻又總是情不自禁地對挑逗產生反應。我知道我的身體需要性愛，渴望性愛！於是，儘管心裡對於那些渴求的嘴臉感到十分厭惡，卻又總是抑止不住地抱著高傲的心態，將「身體的反應」，當成是一種對對方的「憐憫」、與「施捨」。

身體如此，不幸的是，心理的傷痛亦同。任何男性友人對我表露的脆弱，對我而言，都意味著，那是一個「Chance」。我相信，男人在吐露心聲時的心態，肯定也有八成以上，無非是為了要賺取女人廉價的悲憫吧！

我一直都是這麼想的，這一次，也企圖將這樣的模式，套用在良騏的身上。

現在，我一如以往地抱著這般不純正的心思，翻來覆去地與良騏纏綿，然而，卻沒有得到以往數據統計般相同的效果！（不要懷疑！這點從男人的表情上，就能夠很輕易地判斷出來。）良騏他，並沒有為我的身體所著迷。雖然我們確實正在親熱沒有錯，但是，我感覺的出來，他需要的，並不是身體上的慰藉。

或者，更嚴厲的說法是，我的身體所帶給良騏的慰藉，並沒有如我所預期的那般，傳達到他的心裡面。

更糟的是，我的意識，卻完全地被良騏給籠罩了，被他的特殊氣息，與微溫的體熱，給厚厚地籠罩著，掙脫不開！

我終於發現到自己對於良騏的獨占慾，竟然是這麼的強烈！那眞是一種很奇特的感覺！就像是不小心中了樂透頭獎的得主，必須連夜舉家隱姓埋名的藏匿起來一樣，現在，我也終於能夠理解這「非得逃匿不可」的箇中精妙了。如果現在有哪個第三世界的國家願意提供犯罪庇護的話，我會毫不猶豫地直接綁架良騏，然後連夜私逃至世界的盡頭！

這究竟，是種什麼樣的感覺啊？

無法辨清情感思緒的著急感，使我不由得慌亂了起來。甚至認爲這著急感與高潮前的慌亂有著類似的形式！兩者，都訴說著同樣的話語：

「不要離開！」

「不要離我而去！」

「不要敷衍我！」

「請更深入地、愛著我！」

我望著良騏，撫觸著他的面容，深深地吻著他的眼角、唇邊……卻是濃縮得不得了的欲哭無淚。心中這般的著急感，是無論經歷了再多次的高潮，也一樣無法消解的啊！

良騏疲倦得想睡了，眼睛有些睜不開，他的嘴角微笑著，輕輕地在我的耳邊說道：

「小景晚安……我愛你。」

瞬間，世界停止了，時間也消失無蹤。我彷彿被釘在標本盒中的圓翅蝴蝶一般，在窒息而滿溢的閉鎖空間之中……滿足地張口、然後、溺斃。

第七章　天然

炎炎炙暑的七月底，正是那種無論如何也感受不到清涼的時節。就算是剛洗好澡一屁股坐在電風扇的面前，也難以抵擋悶熱難當的低壓與高溫。在這種時節裡上班是最令人難受的事情了，因爲姨丈很節省，辦公室裡除非熱到電腦當機，否則空調永遠都只有送風的份。不幸的是，由於裝潢的關係，能打開的窗戶，只有靠近姨丈辦公桌角落的那一小扇而已。電風扇也不能隨意地開太大，不然滿坑滿谷待處理的文件與資料，便會如雪花一般地飛散滿天。收拾？吼！我連想也不敢想那種問題啊！

最近辦公室我的電腦也有些故障了，一開始搞不清楚是什麼問題，時常打報表打一打，鍵盤就會當掉。但是連續換了幾個鍵盤也都沒有改善，想必不是鍵盤的問題，而是電腦系統的問題？最初的時候是打到特定的某些字元時會當掉，但後來漸漸地就變成要靠運氣了。打字的時候要一邊打一邊衷心地、默默地祈禱！現在就連這種完全沒有科學根據的事情，我也已經心神領略，變得十分在行。

良騏簡直可以說是差不多跟我同居了，他的日常用品幾乎都已經在我家落地生根，逐漸地霸佔了我差不多百分之八十的領土。我才知道，原來男生的東西也有這麼多啊！以前住在家裡的時候，爸爸的東西幾乎都是媽媽買的，上班之後長時間與姨丈相處，姨丈也是個十分簡潔的人。良騏可以說是我這輩子見過東西最多的男生啊！難道說，是我與社會脫離太久，現在年輕的男生都是這樣嗎？總覺得好像有哪裡不太對勁，狀況似乎相反了吧？（通常不是女生東西會比較多嗎？莫非這其實是偏見？）

良騏前陣子剛換了新的工作，有模有樣地跑起國內業務來，變得十分忙碌，幾乎每晚都超時加班。說是加班，其實是與客戶吃飯之類的活動，沒有正式飯局的時候，也得陪新公司的同事們喝點小酒，聊個八卦，以促進同事之間的革命情感。自從良騏換了現在這份工作之後，我才終於明瞭到，人家所謂的「獨守空閨」是怎麼一回事了。唉！果然是，很難熬啊！那樣的，等待的時間。滿懷的欣喜，但卻又很沉重；也許是興奮的雀躍之情，卻又充滿了苦澀的期待。這樣的不確定感很折磨人，更何況，我始終都是一個心思不純正的傢伙，這致命的缺陷，使得我無法品嚐信任的甜美，而擺盪於胡亂的臆測，與夢幻般的期望之間。

由於最近良騏多半都在外頭吃過晚餐才回來，我一個人獨自在家用餐也沒意思，於是便又再度跟良鶇熟絡了起來。我一直都不太會烹飪，時常都是外食。有時想帶點什麼好吃的去找良鶇一起吃晚餐，卻都被良鶇拒絕了。良鶇拒絕的不是一起用餐，而是我帶去的外食。她總是有條不紊地自己烹飪，也很開心能與我一同分享許多事情。例如像是，烹飪的小心得啦，食材的挑選與搭配的撇步啦，之類的，總是相處得非常開心。

不知爲何，有的時候我會覺得，事實上，我和良鶇在一起的時候，其實是比和良騏相處時快樂許多的！他們兄妹倆，是完全不同類型的人。如果硬要分的話，我會把自己與良騏歸爲同一類，稱之爲「務實型」，而良鶇，則與啾太郎並肩而列，他們的存在本身，就是一種「夢想」的象徵。

爲什麼會這麼覺得呢？若要說些什麼具體上的差異的話，還眞的蠻難的。不過，自從我第一次看到良鶇的時候，就有這樣的感覺。

良鶇，是個「只爲夢想而存活」的個體。

最近，我時常看著良鶇在自家廚房裡烹飪料理，就會覺得，爲什麼呢？究竟是什麼原因，使得良鶇不管在什麼狀態下，看起來都是這麼的美好，如此吸引人！這就像是BLOOD＋中，消沉時期的戴比特在農村的屋子後頭，遇見與小夜一同消失了一年的哈吉，他看著突然出現的哈吉笑了起來，說道：

「還眞是不可思議啊！不論是在沖繩也好，俄羅斯也好，染滿鮮血的甲板上也好，甚至是在這樣的田園裡也好，你看起來總是與環境如此協調啊！就像是由流動在那個地方的空氣作成的一樣！」

良鴇的身上，也讓我有同樣的感覺。當然，我們不可能眞的在沖繩還是俄羅斯、抑或是染血的甲板還是田園之中，背負著多麼沉重的孤獨使命砍殺敵人，但是，即使是生活在小小的都市裡，也同樣有許多地方，許多環境，是我們無法觸及，也難以融入的。然而，良鴇的身上，卻完全不會有這樣的感覺。

不論是在空曠的網球場上，還是鬧區的擁擠街道，甚至花枝招展的COSPLAY聖殿祭典，抑或清閒的自家廚房……良鴇看上去總是那麼地怡然自得，眞的，就像是「由流動在那個地方的空氣作成的」一樣。

不過，令我困惑的是，因爲良鴇年紀比我輕的關係，使我不自覺地會將這樣的「天然感」歸因於她的年紀尚輕，未經世事的緣故。然而，BLOOD+中對哈吉說這句話的戴比特，雖然已經邁入中年了，但事實上，他的年齡甚至還不到哈吉的四分之一！（哈吉應該已經快要兩百歲了吧？）難道說，一個人的長相，眞的會影響他的內心世界嗎！太強了！這麼說來，我果然應該要開始使用抗老的保養品了？

良鵪做的菜，也就像她的人一樣，有著那麼一份奧妙的味道。最近很明顯地沉迷於海洋瘦身法的良鵪，總是使用了大量的海藻、昆布、海帶芽、海苔之類的食材，照著時尚雜誌上刊登的海療餐食譜來烹飪。良鵪在煮菜的時候我實在是幫不上什麼忙，於是通常只好在他們家裡隨處看看晃晃。良鵪的鞋櫃很有趣，除了隨便穿的拖鞋之外，幾乎全部都是網球鞋！差不多有十來雙。我笑道：

「良鵪，你眞的這麼喜歡網球鞋啊！全部都是網球鞋耶！」

「是啊！網球鞋是我的最愛！穿什麼都要配網球鞋！」

良鵪一邊說話，一邊將海藻蓋飯鋪上最後一層配料。我說道：

「但是，什麼衣服都搭網球鞋不會有點奇怪嗎？有些衣服會不搭吧？」

良鵪聽了似乎有點不以爲然，歪著頭想了想，說道：

「但是，只要一穿上網球鞋，不覺得全身就都熱起來了嗎？」

「這……我沒什麼感覺耶？很少穿網球鞋說，雖然有。」

「我會一直穿網球鞋的唷！不論何時何地。」

良鵪說得很篤定，我好奇地問道：

「爲什麼呢?因爲好穿嗎?保護腳。」

「啊，不是的，應該說，像是一種精神象徵吧?」良鵪招呼我到餐桌上坐了下來，開始享用她一手烹調的海療大餐!一邊吃一邊說道:

「例如說，我只要穿上網球鞋，就會想起不二，然後走在外面的時候，就會覺得身體裡充滿了一種不二的能量!了解嗎?」

「……腎上腺素嗎?」我說道。良鵪大笑了起來:

「哈哈哈，腎上腺素啊，搞不好也是喔!這叫做長效型外在刺激因子?噗!」

「哈哈!對，長效型，而且還是速效的喔!只要穿上去就有效果了!」

「嗯啊，搞不好有助於瘦身!」

「這樣好像電視購物頻道的推銷員!」我說道。

「我們哪?」良鵪說道:「我們還差的遠咧!這樣絕對賣不出去的!」

「怎麼會?用象徵不二的神奇能量作爲號召，應該可以招到很多不二迷?」

「但是，我不想跟別人分享這神奇的不二能量說!」良鵪嘟起嘴，故作不滿狀，我看了笑道:

「你不是說不再COS不二了嗎?幹嘛現在還吃醋啊?」

「因為……不二的能量啊，應該是更為私密，更為保守的東西才是。」

「啥？私密、保守？不瞭。」

良鶇想了想，說道：「嗯，就好想是，你身上帶了一瓶水，這瓶水是不會喝完的，也不會乾掉，總之就是你珍藏的隨身寶物。這樣一來，不管你去到哪裡，乾旱的沙漠也好，或是被困在停水的大樓裡也好，就都不用怕沒有水喝了，對吧？」

「為什麼不用怕沒有水喝？啊，我是說，這瓶水是指不二的能量嗎？」

「喔，也不盡然耶！」良鶇說道，似乎對我的問題感到有些困擾，認真思考了起來，說道：

「就像是，不二要打出消失的發球時，需要有相乘的風勢助長，要打出飛燕還巢時，需要對方的來球本身帶有一點旋轉。酷拉皮卡要使用特質系念能力的時候，就必須要滿足對方是幻影旅團成員的這項條件……河村阿隆要發威的時候，就必須要握著網球拍……之類的……我好像……愈講愈遠了？」

「噗！是啊，我都聽不太懂了。那還不乾脆說，汽車要能發動，就必須要先有加油，或者是嬰兒要被生出來，父母就要先做愛算了！」

「唉唷，我都忘記我原本要講什麼了啦！快點幫我想，小景！」良鶇笑道。

「好，我來想一下。」我嘗試著回想方才的對話，良鵪又說道：

「嗯，快點。第二下我來想。」

「啥？」什麼東西第二下？

「唉唷，就是叫你趕快想就對了。」

「好啦！喂，這樣我會想不起來，剛剛到底是要講什麼啊？」

「我好像原本在解釋什麼事情之類的。」良鵪說道。

「啊啊！不二的神奇能量！」我大叫起來。

「喔喔，對！」良鵪也附和著叫了起來。

「然後你要解釋那瓶水。」我說道。良鵪愣了一下：

「啥？哪瓶水？……噢！那瓶水，對對對。」

「好，請解釋吧。」我說道。良鵪的反應實在是很好笑！

「噢，好難接喔！從頭開始好了。」良鵪喝掉最後一口海藻湯，擦擦嘴巴說道：

「就是說，這個世界上沒有什麼事情是能夠長久存在的吧！也沒有什麼事情是能夠永遠不變的。如果是在寫論文的話，這個地方的『世界』，就要引述侑子女王的話來定義……」

「哦，世界其實是很狹隘的那句話嗎？」

「對，『世界看起來無限寬廣，其實是很狹小的。只限於自己看得見的範圍，手能觸摸得到的範圍，感覺得到的範圍，所謂的世界，不是一開始就存在的東西，而是自己創造的。』」

「你可還背的眞清楚啊！」我讚嘆道。

良鵜笑了起來，說道：「沒啦，這句話啾太郎常常掛在嘴邊。」

「你跟啾太郎果然是同一掛的！」

「才不是咧，啾太郎都拿這句話去泡妞耶！就是說完侑子女王的這句話之後，接著就說：『所以，讓你也融入我的世界之中吧！如何？』」

良鵜拼命模仿著啾太郎泡妞的模式對我拋媚眼，我笑了出來，說道：

「噗！感覺有點遜耶？不過，我們好像又離題了。」

「嗯啊，我們是閃靈離題二人組！頭目！我們剛剛原本講到哪？」

「世界……啊！世界上沒有什麼事情是永久存在又不會改變的。」沒想到我的記憶力還比良鵜好一些！

「啊對，世界上沒有什麼事情是能夠長久存在的，也沒有什麼事情是能夠永遠不變的。這樣想的話實在是太痛苦了，人生會變得很沉悶。所以說，我們可以製造自己的亞空間，只要滿足某些很簡單的條件，就可以無時無刻活在自己的亞空間裡頭。這樣很棒不是嗎？就像是各大網站裡頭的部落格一樣，不過這是比較爛的比喻。更精確來講，亞空間應該是……一種像防護罩的東西！」

「那所謂的簡單的條件是什麼呢？」我提早問，以免等會兒又離題了，變成跑去講各系列鋼彈機體的防護罩功能差異！良鴸說道：

「其實條件不是重點耶？就拿我來說好了。只要一穿上網球鞋，就會感受到不二的能量，而我就用這神奇的不二能量張開自己的亞空間。具體化來說，就像是小傑跟奇犽在天空鬥技場兩百樓，要通過西索面前的狹長走道時，有自身的念力保護跟沒有自身念力保護的差別一樣。」

「所以你的意思是，」我說道：「穿上網球鞋就是發動念力的條件？」

「沒錯！」良鴸解釋道：「完整的說法就是，穿上網球鞋就是發動不二的能量來張開亞空間的條件！也就是說網球鞋本身，大概就類似『媒介』、或是『鑰匙』之類的存在吧？」

「嗯，就像某些人大便之前就一定要先喝咖啡一樣。」我沉思著說道。

「沒錯，有些人是要喝綠茶。」

「但是，我一定要喝熱的才行！」

「其實，冰的比較有效喔！」良鶇說道。

「是沒錯，不過這已經脫離生理反應的範圍，而是心理反應的症狀了吧。」

「嗯啊，就像電影裡面軍人上戰場之前都會先祈禱一樣，事實上有沒有祈禱其實沒什麼差別，力氣也不會變得比較大！」

「沒錯，還不如把祈禱的時間拿去趕快多吃幾塊巧克力！反應會變比較快。」我說道。

「對了小景，你知道爲什麼不管是動畫還是一般電影，它們的故事情節大部分都很灑狗血嗎？」良鶇問道。我說道：

「不就是爲了要好看嗎？」

「那，爲什麼要灑狗血人們才會覺得好看呢？」

「也沒有全部都是灑狗血吧？」我說道，也有很多是很眞實的，或是很平凡的故事啊！

良鶇想了想，說道：「可是，就算是標榜平凡的故事，也都一定會有不眞實的地方。

像是營造出那種很夢幻的氣氛啊，之類的，總是一定會有不眞實的地方！」

「嗯，那，所以呢？」我問道。心裡覺得好笑，不知道良鶇又會說出什麼奇怪的道理來。

良鶇把兩條腿縮到椅子上盤了起來，端正的盤坐姿勢實在是太可愛了！良鶇故作嚴肅地說道：

「所以說，我覺得啊，人類在終日飽食之後，就失去了對『生存』這回事情的熱誠。所以，會很不自覺的一直去追求這樣的刺激與熱情。但是在不想破壞能夠繼續終日飽食的生活這樣的前提之下，卻難以追求得到那種刻骨銘心的激情，於是變得很容易便喪失了生存的價值，當然這是指自我認定的價值。因爲個人的存在，本來就跟其他人沒有什麼關係，爲了害怕失去自身的不可替代性，於是我們開始強調『感情』的重要。我想是這樣子的吧？」

「嗯……」我也沉思了起來，是這樣子……的嗎？

「然後就這樣，一代教育一代，就像是電腦病毒一樣。」良鶇說道。

「但是，」我說道：「在野生動物界裡頭，也是有感情的存在吧！而且以群居動物來說的話，像獅子群啦，猩猩、猴子之類的，也都有個別的一套以感情來維繫的體制存在啊！」

「嗯啊，是沒錯。」良鵪說道：「不過，他們是生存共同體啊？我想那種感情與終日飽食之後爲了尋求自我認同的感情，是不一樣吧。就像戰爭的時候被丟棄在前線的士兵們，他們之間的同袍情感，絕對與那些只爲了想要有人陪伴，而去愛上別人的感情，是不一樣的吧！」

「當然是不一樣的啊！因爲同袍感情不是愛情吧？」我聽得一頭霧水。良鵪說道：「確實不一樣，因爲在那種生死存亡的關頭，根本不會有閒暇時間去想說要培養愛情什麼的吧？野生動物也是一樣啊。人類因爲不用爲了生存而花盡力氣，所以才會重視這種培養出來的感情的吧？」

「所以說，你這是在否定愛情的意思嗎？」我問道。

「不是否定愛情，」良鵪說道：「而是否定人類會想要培養愛情的動機吧。」

「感情這種事情一旦培養出來之後，就是眞的了啊！」

「但是一開始的動機卻是虛假的……比較多吧？」良鵪說道，眼睛直直地看進我的心裡。我驀然一震，有點嚇到。在……在說我嗎？

良鵪直條條地看了我一會兒，把腿兒往胸前縮了起來，用L的姿態咬起大拇指，我看了一笑，藉機說道：

「幹嘛要學L啊，你又沒有黑眼圈，不像！」

「嗯……所以說……」良鶇模仿L沉思的模樣沉吟著。我說道：

「嗯，所以說？」

「結論是，飽食終日的人類需要夢想，或是夢想一般美好的幻覺！然後由這美好幻想的支撐來得到繼續無聊生活的力量。而亞空間呢，就是可攜帶式的夢想容器！」

「哦……？」

「怎麼樣？我的名推理！很厲害吼！」良鶇興奮的說道，眼睛一閃一閃地亮晶晶。

我笑了起來，心裡不知爲啥似乎覺得鬆了一口氣，開心地說道：「哦哦！眞的很厲害！繞了這麼大一圈還能回到先前的主題！你可以從閃靈離題二人組畢業了！」

「嘿嘿，沒錯，所以網球鞋就是我的可攜帶式夢想容器的啓動裝置。」良鶇顯得很得意，終於又扯回主題了，眞是偉大的舉證辯論！

「那，」良鶇又問道：「小景你現在有亞空間嗎？」

「我現在？」我問道，左想又想，實在很難回答：「戀愛的心情算嗎？」

「唉唷那個不算啦！」良鶇叫了起來：「亞空間應該是要更私密的東西！」

「戀愛的心情不夠私密嗎？」

「不是那種！」良鵪堅持道。

「那是哪種呢？」我問道，對於良鵪居然會否定我的回答感到很意外。

「唉唷，說了一大圈來解釋小景還是沒有聽懂嗎？好傷心……」良鵪戲劇性的故作悲傷狀，我看在眼裡，卻覺得有點複雜。

雖然我自己也不是非常清楚，不過也許，眞正不懂的人，其實是良鵪吧？

良鵪自顧自地演了一會兒，突然像是想到什麼似的，眼睛又放射出無比的光芒，說道：

「吼，我知道了小景，我知道了！你也一起來穿網球鞋吧！」

「啥？我不行啦！我都要上班耶！穿套裝加網球鞋很怪！」

「唉唷！小景你還是沒有懂啊！就穿上網球鞋就對了！」良鵪耍賴了起來，我說道：

「什麼啊，幹嘛一定要穿網球鞋啊？」

「因爲，我想說……」良鵪嘟起小嘴，語調突然變得有些微妙，說道：

「如果你也穿上網球鞋的話，或許，我就可以帶你跑到更遠的地方去了。」

我稍微愣住了一下。

良鶇的語氣聽起來是那麼的認眞！認眞到我都有點心碎了的感覺。但是……這樣的情感，卻是我認識良鶇以來，始終都爲之所困，卻又一直都不敢認眞去面對的部分。因爲，關於這個部分，我自己也有點明白，那或許是比我對良麒的感情，來得更爲巨大的東西。

我隱約感覺到自己首次不得不面對自身的眞實情感。但是，說眞的，意識到了又如何呢？意識到了，但我又能有足夠的勇氣，去更加地深入探討，或是面對、甚至於實踐嗎？

不可能。

我能夠很老實的回答，不可能。至少，能夠確定的是，現在、這個時刻的我，還沒有堅強到敢於無所顧忌地去打破安逸的飯碗的決心與勇氣啊！良鶇說的沒有錯。我呢，就是那種甘願墮落於終日飽食的無趣之人。

但是……

如果你也穿上網球鞋的話，或許，我就可以帶你跑到更遠的地方去了……

天知道，我從頭到腳，都是多麼的希望，能夠汲取良鶇身上的那份天然姿態！她的眞淳，她的乾爽……（乾爽？），以及……那份如何也不會被玷汙的空然與專注之情！

於是……我明白了。

或許，打從一開始，眞正吸引我的人，就一直都是良鶇啊！

是的！一直都是良鴸……
而不是……良麒！

第八章　愛？

如果，要用侑子女王的方式來理解世界的話，那麼，我們就不需要擔心什麼地核磁場減弱的危機了吧？而且這麼說來，世界，也許就像是一個龍捲風暴，我們總在無意之中不斷創造著什麼，毀壞著什麼，但是，對於只待在核心之中的靈魂來說，世界，卻是一個沉悶得連風兒都沒有的枯燥牢籠？

也許，這樣子的說法，也十分適合用於解釋《涼宮春日的憂鬱》中涼宮同學的狀況吧？但是，我們不需要宇宙人與超能力者之類的怪誕之說。因爲，那樣的假想敵，只會讓我們遮蔽了自己的視線而已。

前幾天，我自己一個人在家裡看電視的時候，國家地理頻道剛好播出了地心探索這樣的主題。經過一個小時的節目演繹，最後的結論是：地核的熱度正在降低，導致地球磁場減弱，甚至會南北極相互轉換，最後，地核的溫度終將冷卻，磁場消失……失去了地磁保護的地球，也終將邁入荒蕪的命運，一如我們的鄰星，那紅色荒漠的火星。

或許這樣說出來的話，實在有點蠢，但是，當我看到那些科學家們，如此肯定的預言著地球的衰亡，很快地，便會邁入火星的後塵之時，不可思議地、卻感受到一股強烈而濃郁的悲傷，無可抑止地哭了起來。爲什麼呢？明明就還是一千年以後的事情，爲什麼，我竟會如此的悲傷呢？

這不由得令我想起，在《蟲師》裡面，有個章回叫做《旅之沼》，也是我最喜愛的章回之一。女主角（叫做井緒的樣子？）隨著有生命的沼澤漂流著，好像叫做水虫吧，那種蟲，雖然是無色透明的液體，卻是活著的。水虫的沼澤，在它懷中不斷累積的宇宙終結之時，便開始從山林之中，爲了尋求自身的死亡之處，而一路朝向大海移動。最終，以驚人的姿態湧入海中，一旦進入海裡，便宛如被分解一樣而死亡。女孩隨著沼澤流入大海之中，並且在沼澤的懷抱裡，隨之溶解。

女孩，後來被漁民救了上來。醒來之後，她說道：

「我知道出海的話沼澤就會死，我自己也在沼澤裡溶解，非常、非常地害怕！但是，沼澤走向死亡，我感到……好傷心……」

蟲師銀古聽了，便對哭泣不已的女孩說道：

「那東西啊（指沼澤），已經活了幾萬年，你應該，只是與它共度最後的旅程而已。能遇到它，實在太好了，對吧？」

這句話，眞是說的太好啦！（感動中！）也許，人類也正伴隨著地球，走向死亡的終端吧？一想到這裡，我就沒由來地覺得好悲傷。但是，在那股悲傷的盡頭，我看見的，不是別的，卻是良鵜。

那天，我震驚不已。聽著良鵜對我說道：

如果小景也穿上網球鞋的話，或許我就能帶你一起跑到更遠的地方去了！

是啊，如果可以！我也多麼想要放肆地奔馳。但是，不知從何時開始，我的軀體猶如裝滿了馬鈴薯的大布袋，不僅沉重，更鬆散不已。我可以很清楚的意識到，自己確實已經離當初想像中的那片藍色的天空，愈來愈遠了，沉沒在烏煙瘴氣的水泥森林之中……沒有空調的悶熱辦公室、年歲增長的外在壓力、作爲保險之用的同居戀人，以及日復一日、漸趨向於形式化的性生活……

眞的，確實會讓人不由自主的想問，我們……到底是爲了什麼而生活啊？

這個問題呢，許多人都存有同樣的疑問，也有許多人提出了各式各樣不同的見解，例如：

★日劇裡的台詞說：是爲了每天下班之後，能夠大剌剌地倒在沙發上一口氣喝掉一瓶冰啤酒。

★生活雜誌裡的小品文說：是爲了假日的時候，能夠輕鬆地享受悠閒時光，而不愁衣食。

★企業的領導者會說：是爲了待在業界長久以來的耕耘，能夠在未來的日子裡，得到收穫。

★管理學的論文裡則說：這一切，都是爲了要讓社會的體制，能夠有效地運作。

當然，都沒錯！都沒錯！（尤其是最後的那一句，眞是太偉大了！）

但是……但是！

「心」呢？

我們的心靈，是否也能像理智一般，只爲了單一的目的，而感到滿足呢？

荒卷課長說：『人通常沒有自己想像的幸福或是不幸。』但是，不這麼想的話，也許會活不下去吧？

突然之間，啾太郎說過的這句話在我的腦中響起。我不禁又困惑了起來。

以前，我總是戰戰兢兢，擔心交不到體面的男朋友，怕年紀愈來愈大，生活圈也愈來愈狹隘，就更難物色良好的對象之類的，並且爲此憂鬱不已。然而現在，已經同居了的良麒不論各方面來說，都屬上等之貨！父母親戚們也對於良麒這個上等品讚不絕口，交往這幾個月下來，我們之間的相處也十分融洽美好！

一切，都似乎正在朝向完美無暇的結局，不慌不忙地發展著，我應該要十分高興才是！

這個……事實上，我確實也是挺高興的啦！畢竟良麒的出現爲我解決了不少外在的壓力，這一點眞的讓我鬆了一大口氣。

然而，那些糾結在我的心中，不斷纏繞滋長的抑鬱絲網，又是什麼呢？

妄想……嗎？

攻殼機動隊第二季裡面，少校在潛入久世腦中的時候，被久世的那份龐大的「妄想」給攻擊了，然而，少校在遭受了妄想的攻擊之後，卻遲遲無法確實理解那份妄想的其中眞意。如果說，這是因爲少校的思考模式陷於僵化的緣故，那這麼說來，或許，在我一直以來都平凡的不得再平凡的靈魂之中，是否也有著一絲頑強的意念，渴求著某種極度缺乏的刺激因素呢？

一直到不久之前，我都還相信著，與良麒之間的戀愛心情，確實能夠滿足這個始終短缺的空洞。但是，究竟是什麼原因，使我笨拙的雙手，觸摸到了那顆展現著美好幻覺的投影開關呢？

我觸摸到了！手指不捨得離開。但是，卻又沒有足夠的勇氣，去將開關眞的就這麼「啪！」的一聲切斷。我在恐懼什麼呀？又爲什麼要猶豫呢？也許在心裡，其實我一直都明白得不得了。

一旦切斷開關之後，或許，就再也無法繼續生活於這「狀似美好」的虛像之中了……也說不定吧？

因爲，這層看似美好的虛像投影啊，並不是眞正專屬於我的「亞空間」哪！

這又不禁令我思考了起來。

不論是戰鬥機劃破天空的引擎聲音，動畫裡頭武士們拿著刀拼命揮砍的銳利眼神，還是世界盃足球錦標賽的球場上成功得分之後的瘋狂嘶吼……與其說，人類總是藉著夢想爲由來追求激情，事實上，我認爲人類一直在追求的事物，卻並不是激情。而是能夠在激情中打破彼此的靈魂界線，而融爲一體的……「同伴」！

《最後流亡》的先鋒艇駕駛員克勞士・英麥曼，正因爲身負著同伴的牽繫與承諾，才能夠在浩瀚的天空下穿梭翺翔！而《和平捍衛隊》的新撰組隊員們、與《神劍闖江湖》的維新志士們，亦均如此。而那些奔馳在足球場上瘋狂大吼的球員們，甚至是那些看球賽看到抓狂的粉絲們……之所以能夠放心大膽地這麼激情，也正是因爲，他們知道自己有「同伴」作爲後盾的緣故吧？

人哪！一旦有了後盾，脾氣就硬了，心也跟著踏實了起來。

這麼說，可以吧？

這麼說，是正確的吧？

如果，這個說法眞的是正確的話，那麼，現在我必須思考的事情就是：

「如果良麒不是我的鑰匙，如果戀愛不是我的亞空間，那麼……究竟什麼才是呢？」

於是，在昏昏沉沉的思緒裡，我拖著疲憊的身軀與心靈，回到了與良麒同居的住所。良麒還是跟以往一樣還沒回到家。我按捺著想要撥電話給良鵪的衝動，就在這時，卻似乎突然領悟到了什麼！

爲什麼，當我感覺到需要人陪伴的時候，第一個想到的，不是良麒，而是良鵪呢？

爲什麼，在我心裡深處，竟有個小小的聲音，訴說著也許是我眞實的心願？

爲什麼，那個心願乍聽之下，竟像是在期望著，良麒回到家的時刻，能夠愈晚愈好呢？

爲什麼，在良麒還沒回到家前的這段時間裡，我總是不自覺地有著偷閒的快感呢？

爲什麼，當我每次想到藉口或是找到機會能夠打電話給良鶇的時候，總是這麼的喜不勝收，心兒都飛上了眉梢呢？

我無力地癱在沙發上，思緒猶如漫天飛舞的微細塵埃。心想著：如果現在打開電視的話，就可以停止這一堆亂七八糟、難以整理的思路了。畢竟一直到這邊爲止，我也還沒有辦法把最一開始那個地磁會減弱消失的念頭，與自己現在困惑至極的心情，做出一個良好的比照與解釋。

拉不回來了吧？

拉不回來就算了，看電視吧。

我腦中這麼想著，但是，身體卻遲遲沒有動作。

奇怪？這是怎麼回事？莫非我的腦袋喪失了對身體發號施令的權威了嗎？

「哦，那曾經是多麼不容置疑的權威！」我不禁如此讚嘆了起來。

但是不知爲何，我的手還是一直沒有聽從腦袋的號令，去拿起遙控器來打開電視，甚至連手指頭都沒有動一下。

這可眞是奇了！

我突然想到《銀魂》裡面有一段，阿銀闡述關於「草莓牛奶」的奧義之說，阿銀說道：

「聽好了！白天喝下太多的草莓牛奶，晚上想上廁所時該怎麼辦？但是被子外面太冷了，不想從被窩裡爬出來！可是尿意愈來愈強，擴約肌失控，下定決心要去廁所，衝向馬桶、脫、發射——這種解放的快感……為此我活到現在！那一瞬間我是這麼想的。但是這時候卻發覺，我不是在廁所而是在被窩裡，被窩裡溫暖的觸覺……但是卻快忍不住了、噢！快忍不住了……就是這個問題，不為別的！這就是眞眞正正的草莓牛奶啊！明白了嗎……」

哇哈哈哈哈，想到這句話我不得不自顧自地笑了出來，阿銀眞是太可愛啦！由於笑得太過劇烈下腹部也感受到一陣酸澀之感，我才想起自己從下午開始在公司裡就一直沒有去上廁所了，憋到現在。思及至此，身體反射性地從沙發上彈跳了起來，三步併兩步地衝向廁所去了。

我邊上廁所邊失控地大笑了起來，像是個瘋子一樣！

因為，這不是太明顯了嗎？剛才想說要看電視的時候，明明身體就完全不聽腦袋使喚的說！事實上，任誰也都明白，根本沒有身體不聽使喚的這回事情存在，只是，自己連到了這種時候，都還在對自己說謊而已！

現在，我終於能夠有點理解之前遇到啾太郎時，他所說的必然論與消極的生活觀點了。我記得在BLOOD＋中有一個西夫的成員，是個小女孩，叫做……露露？她在西夫遭到圍剿時獨自跑去向小夜與哈吉求救。小夜當時沒有回應，露露離開時，對小夜說，希望，小夜能夠記得她。

那些「西夫」的成員們啊，總是說著：「我們，也能夠成爲別人的回憶嗎？」一個個都活在害怕「全然消失」的恐懼之中，生怕無法在歷史的轉輪上，刻劃出曾經存在的痕跡。事實上，人類也有著同樣的恐懼啊！對於死亡的恐懼，對於死亡之後，無法留下些什麼的恐懼。「西夫」所代表的恐懼，是人類自身恐懼的縮影。

但是，如果換著方式想，由於地磁的「勢必」減弱，地核的溫度不久也終將冷卻，而一如火星般喪失掉原有的生命力的話……那麼，「能不能成爲其他人的回憶」這回事兒，似乎也就變得不是那麼重要了？

因爲，那些能夠回憶著你的人，不久也將會隨著星球的耗弱，而永遠地消逝。

……正因爲一切都是必然的，所以，便不具有獨立的個別意義了。

原來……是這個意思嗎？

確實，如果站在地球也即將消逝的立場上來看，似乎人們活著、短暫的生命、無謂的愛情與憤怒等等，就都變得虛渺又遙遠，根本是費力累人又沒什麼意義的事情！但是，就算是被毀掉了巢穴的白蟻們，只要還有機會，只要還有時間，也一樣會比誰都賣力地好好生活啊！

人類，不也是一樣的生物嗎？

不論是《蒼芎之戰神》啦、《翼神世音》啦、甚至是《戰鬥妖精雪風》等等，盡皆以不同的方式闡述著類似相同的生存意志。所以說，如果照這個方式來評斷啾太郎這個人的生活觀點的話，那麼，就不能說是消極了。甚至，我們必須認同他無與倫比的勇氣，並且聲稱那是一種無可厚非的積極態度吶！

正因爲存在本身沒有什麼特別的意義，所以，只要用心生活，好好享受身邊的一切事物，就已經很足夠了！是這樣吧？如果眞是這樣的話，那麼，感覺上，我是不是已經找到了屬於自己的亞空間了呢？

我環顧著客廳的家具擺設，陳舊的木頭紋路與深藍色的沙發塑膠皮革，以不同於以往的姿態，映入我的眼簾。也許，明天我眞的應該直接穿網球鞋出門？

這次，我的手指很主動地想要打開電視，但卻被腦袋給硬是阻止了。好不容易建立起來的亞空間，一旦打開了電視，便會立刻又瓦解了吧？想到這裡，我才又明白到，原來，亞空間是如此的孤立與隔絕啊！

但是，卻很美好！

美好到……不希望被任何外人所打擾。

我獨自沉醉在自以爲是的思辨當中，不知不覺時間已經很晚了。我忘了吃晚餐，感受到肚子餓的時候，才驚覺到，良麒居然這個時候還沒有回來。

我不禁心生疑惑，撥了幾次良麒的手機，卻都是關機的狀態。想了一想，只好再撥到良鶉那兒問問看，才剛響了一聲，電話立刻就被接了起來。

「喂？哪位？」

我愣住了，是良麒的聲音。

我只呃了一聲，喉嚨便像是被什麼東西卡住了一樣，發不出聲音來。

「喂？啊……小景嗎？」良麒問道，語氣聽起來有些驚訝。

我還是說不出話來，良麒聽我不做聲，便繼續說道：

「小景嗎？我今天要住這邊唷！因爲良鶉明天要上飛機，我早上要送她去機場啦！咦？我沒跟你說過嗎？」

「啊……沒、沒有啊？」我嚇了一大跳，趕緊問道：「等一下，你說良鵪要上飛機是怎麼回事？」

「咦？良鵪，你沒有跟小景講喔？你要留學的事情？」良麒在電話的另一端向良鵪問道。我聽見良鵪的腳步聲跑了過來，在一旁說道：

「啥？我沒講嗎？我以爲你也會跟小景講啊！」

「麒？」我緊張地叫道：「麒？良鵪要留學？那你……你咧？」

「啊，小景眞的很抱歉！」良麒趕忙用著溫柔的語氣說道：「我明天送良鵪去機場之後就會回去你那邊啦！不要擔心！」

「喔……這樣啊……」我感覺自己手發著抖，胸中也一陣窒悶。不甘心地問道：「怎麼這樣，這是什麼時候決定的事情啊？我都不曉得！」

「喔，很早以前就決定了啊！」良麒說道：「良鵪一直都以留學爲目標而努力著。」

「留學……那，是要去唸什麼呢？」

「哦哦，她申請到美國三一大學的會計研究所啊，只不過可惜沒有辦法申請到獎學金就是了。那個小景，你別生氣喔，我明天回去一定會好好兒補償你的啦！所以說……」

良麒絮絮叨叨地重複著安撫我的話語，我卻在電話的另一端似乎聽見了良鵪與其他人講話的聲音。我問道：

「還有其他人也在那邊嗎？」

「啊，是啊，啾太郎也在。」良麒說道：「這樣嘛，要不然小景你也一起過來好了？良鶫應該也會很開心！」

「不了不了，現在有點晚了，而且我今天挺累的……」我慌忙地回絕道，心裡難受極了。

只有我，什麼都不知道！

「小景你眞的不要太在意啦！因爲是很早之前就已經決定好的了，良鶫也不太會跟我討論她留學的事情，所以事實上平常也就很少會提起……」

「呃，沒關係啦，我只是很奇怪你怎麼這麼晚還沒回來說。那個，我可以跟良鶫講一下話嗎？」

「喔喔，好，你等等。」良麒把話筒喀的一聲放下，跟良鶫說我找她。我聽見良鶫在遠遠的那頭說道：

「欸！哥！我找不到我的護照說！」

「你不是之前就塞到行李箱的夾層裡了嗎？」

「中間好像有拿出來，然後就不見了，快點幫我找啦！」

「好啦我幫你找，小景要跟你講話啦！不要讓人家等那麼久。」

「唉唷！吼，好啦來了……喂？」良鶇接起了電話。我難忍著心中的苦澀，勉強說道：

「喂？大忙人良鶇閣下！護照不見啦？」

「吼，對啊小景，怎麼辦啊？」我還來不及回答，便聽到電話那頭啾太郎喊了起來，說道：

「喂！找到了啦！在這裡！你把護照跟簽證通通都塞到襪子裡去幹嘛啊？」

「咦？我塞到襪子裡去了嗎？」良鶇驚呼道。

「唉，是啊，在襪子裡。」

「噗！」我也笑了起來，竟然塞到襪子裡去了！我說道：「還眞有你的風格啊，良鶇！居然把重要證件塞到襪子裡！」

「嘿嘿，唉唷人家小心過頭了咩！討厭！連小景都笑我！」

「不過良鶇，」我說道：「好驚訝啊！沒想到你居然會要留學，而且還是唸會計研究所！嚇到我了！」

「啊？我一直都是唸會計的啊！大學也是唸會計系啊！」

「眞奇怪，怎麼會想要唸會計系呢？一點也不像你的個性呢！」

「才不會咧！會計是，一旦唸懂了之後就會變得很有趣的事情啊！尤其是做預測分析的時候。小景你在公司不是也時常要做會計報表之類的嗎？應該很了解吧！那種樂趣。」

「呃……是有做報表沒錯啦，只是……」我從來都不覺得有什麼樂趣啊！

「吶！小景，」良鶇說道：「就算到了那邊，我也一樣會穿網球鞋喔！所以，請你不用擔心。」

「擔心？」我似懂非懂，又不甘願明白的問。

「嗯，有些事情啊，只要勇氣足夠的話，是可以不會改變的。」

「哦……」我恍惚地應道。

之後究竟是如何結束這通電話的，我已經記得不是很清楚了。惟獨在掛掉電話之後，那突然降臨的安靜得不得了的耳鳴與嗡嗡聲，至今，還依稀在耳畔迴繞。

我頹坐在茶几一旁的角落地上，無力地用手摀住整個臉孔，等待著某種奇蹟似的救援。

然而，在這空無一物的亞空間裡頭……

「什麼都沒有。」

瞬間，我明白了。

我眞是：笨蛋！笨蛋！笨蛋！

說什麼要年輕人不要害怕被否定，

別開玩笑了！

怎麼可能不害怕？

如果眞的不怕的話，升學制度啊，社會結構什麼的，

就不可能這麼順利的運作下去了。

明知道是謊言的激勵之語，不說也罷。

要知道，任何體制的運作，永遠都是建立在多數人的恐懼之上的。

不過，事實上，

這也只不過是我無聊的抱怨而已。

第九章　得與失

現在，究竟，該從哪裡說起好呢？

總之，先來概述一下情況好了。

良鵪去到美國之後似乎十分忙碌，連偶爾寄來的電子郵件都十分簡短扼要。良麒自從良鵪離開之後也全心忙於業務工作，回到家的時間一天比一天晚。而我呢，自從與良麒交往之後，姨丈也不會再強拉著我下班後一起去網球場交際應酬了。嗯，該怎麼說呢？總覺得，雖然生活上一切看起來都比以往更加充足，但是，每天回到家裡一個人的時間裡，卻無庸置疑地、較以往更加空洞。

有的時候會覺得，看著一個人緩慢的變化，是一件很有趣的事情。我在良麒唸研究所快畢業前認識他，當時的良麒，是個年輕氣盛的大帥哥一枚。然而交往到現在，也才不過七、八個月的時間吧？現在的良麒，幾乎已經跟半年前的他，完全是不同一個人了。剛認識良麒的時候，因爲他還是學生的身分，我以爲他年紀比我稍小一些，不過事實上我們同歲。然而，現在的良麒，尤其是每天晚上下班之後與同事客戶應酬完終於回到家裡，一進門的那一瞬間；我看見的，卻不是一個本應當神采飛揚、熱衷地訴說著工作樂趣的二十五歲社會青年——而是一個滿身疲態，並且在十幾二十年後，有九成九的機率會挺著啤酒肚、同時把領帶拉鬆以方便打咯的中年歐吉桑。

我不禁要問，這個社會，都給了我們些什麼啊？

我這麼說絕對不是在埋怨些什麼，也不是想要要求些什麼回報，因爲我們都知道，正當的投資與付出在這個社會上，會得不到理論上應得的回報也是很正常的事情嘛！但是，如果要說「所有的動機都是起源於希望」的話，現在，我甚至開始認眞的認爲，啾太郎所選擇的那種生活方式，竟然是眞的較我與良麒來得更爲正確、並且更爲有益身心的生活方式啊！

事實上，我很意外良麒會如此認眞於這種傳統業務的工作，原本以爲他可能會選擇一些更爲自由，責任更輕的工作來做的。畢竟他原本一開始給我的印象，也是個像啾太郎一樣，不願意多背負責任的輕狂傢伙。

當然，良麒願意選擇穩定性高的工作，我也很是高興，因爲也許這正是意味著他有著與我共同計畫未來的意圖？不論如何，良麒選擇了穩定的工作，也讓我在親友面前顯得春風得意，爭足了面子！但是……但是！

就這樣下去，行嗎？

就這樣下去，真的，無所謂嗎？

每當我看見良麒工作完之後的疲態，與那些明顯快速邁入中年化的特徵，一方面我滿是不捨與心疼，另一方面，卻又毫無良心地、充滿了猶豫。

「他馬上就要變成像中年歐吉桑的那副德行了！我真的，能夠愛他一輩子嗎？東西又這麼多！堆滿了我的衣櫥與梳妝台，自己也都不整理……我真的，能夠跟這樣的人，生活一輩子嗎？」

我在心裡這麼掙扎著。怨嘆的同時，也無法原諒自己自私的念頭。那個曾經曇花一現的亞空間，也早已如雲霧一般消失無蹤，再也聽不到那叮咚作響的音樂，聞不到那猶如是由貴瑛里般愜意的氣息……

對啊！由貴瑛里！

我的腦中突然電光一閃，還記得唸書的時候很迷《萬有引力》中的由貴瑛里，之所以那麼迷他，就是因爲這個角色所帶來的濃厚書香氣味！還有那跩的不得了完全不把交際應酬當成一回事兒的本領……思及至此，我彷彿找到了荒漠中洪發的泉水一樣，全身都燃燒了起來。原來是這樣啊！我似乎知道我現在該要做些什麼了！

「看書！」對！看書。去書店逛一逛吧！

就算把看書當成一種逃避的途徑也罷，總之現在不把注意力從那如庭院般狹隘的未來預測之中轉移開來的話，彷彿不論再如何鑽牛角尖的思考，也起不了什麼作用。下定了決心，這天，下班後我就沒有直接回家，也沒有到超市去買晚餐，而是直接搭車到市區，抱著興奮的心情，逛遍了一家家久違的書店。

我完全陷入了欲罷不能的狀態，一口氣買了三千多塊的書！從漫畫、輕小說、文學小說、歷史圖鑑、學術研究書籍、甚至還買了成語辭海……（我已經不知道自己是在幹嘛了，總之，辭海也很不錯！）結帳的時候因爲書實在太重，店員還得好心地幫我分裝成兩個袋子，才有辦法讓我提得動。

我提著兩袋重重的書，站在書店的門口左右躊躇，時間尚早，我一點也不想這麼快回去！總之就是意猶未盡。但是，這兩袋書眞的很重，何況我還穿著上班時穿的高跟鞋，根本也別想這樣去逛街了。正當猶豫的時候，突然看見一個很熟悉的人影迎面走來。我和啾太郎幾乎同時彼此認出對方，也同時「啊！」的一聲叫了出來。我這才想起，這個時間啾太郎正從咖啡吧下班！

啾太郎的外貌與打扮還是與半年多前一般隨性而出色，我下意識有種不太想跟他講話的感覺。因爲，良麒如今的外型，已經遠遠不如啾太郎了！現在看到啾太郎，我深刻地覺得自己好像被「什麼東西」給比下去了……

眞是醜陋的心思！

我這麼暗罵著自己，對著啾太郎露出了友善的微笑。啾太郎也笑著說道：

「小景？好久不見啦！咦？買書啊？吼，這麼多！」

「是啊，很久沒有看新的東西了，乾脆一口氣補足也很不錯。」

「好像很重的樣子，我幫你提吧？你要去搭車嗎？」

「啊，我……還沒有要回去啦！」我說道，遲疑著望著啾太郎。

啾太郎聽了說道：「哦？今天麒哥又要加班嗎？好像很辛苦呢！」

「啊……呵呵，是啊。」我近乎是拖泥帶水的回應道。不曉得啾太郎會不會察覺到我反常的不乾脆？唉！果眞是可鄙的心思啊！我這人！

啾太郎見我沒再搭腔，笑了一下，說道：

「呵呵，小景你不想回家喔？不會吧！這麼快就七年之癢了？」

「啥？喂！你不要亂說話啊！」我回過神來，突然又有種被挑釁的感覺。那是一種很矛盾的感受，既想求救，又不願認輸。啾太郎這個人，每次都能夠很輕易地挑起我胸中的怒火，然而，那卻是一種很脆弱的憤怒。

啾太郎接口說道：「哈哈，好啦！那不然再一起去吃個飯好了？吃上次那間義大利料理，如何？我也很久沒有跟小景聊聊天了。」

「……嗯。」我毫不考慮的就答應了。因爲，說穿了，事實上今天要來這邊逛書店之前，我心裡就有想過「有可能會再度巧遇啾太郎」的這回事兒。所以，之前說的「我這才想起，這個時間啾太郎正從咖啡吧下班……」這句話——沒錯，是騙人的。

我和啾太郎一起走進餐廳，突然在意起自己已經撐了一整天的化妝與髮型來。經過入口的時候，藉機往牆上的鏡子照了一下，看起來狀態似乎還很不錯！我意識到自己的眼神瞬間流轉了起來，跟啾太郎這樣外型出色的型男走在一起，又再度滿足了我心底深處某種小小的遺憾。那是——良麒已經失去了的青春，與美色。

點了餐點之後，啾太郎朝那兩大袋裝滿了書的塑膠袋裡看了一眼，問道：

「小景，我可以看看你都買了些什麼書嗎？哇，眞的好多喔！」

「嗯，沒關係，你看啊。」我笑著說道，語調和神態都不自覺地柔媚了起來。

「這什麼？哦……噗！哇！好多的ＢＬ漫畫……一本、兩本……」

「喂！那個不要拿出來啦！」我緊張地說道，被看到了……

「有什麼關係，ＢＬ是很好的性向啊！」啾太郎笑道，一邊不停地往袋子裡挖寶。我急著說道：

「沒有啦！那個畫風都很漂亮！」

「吼，不用辯解啦！我早就知道小景是腐女了。」啾太郎挑起一邊眉毛笑道。

「啊？我沒有啦！我才不腐！」

「幹嘛要否認啊？你這樣小心會得罪天底下所有的腐女團！要知道腐女團的勢力可是很龐大的！」

「啊，說的也是，有點恐怖……好吧，我就是腐女，腐到不行的ＢＬ大好！」我做作地說道。啾太郎看了我一眼，笑道：

「嗯嗯，很好！坦承的人確實比較討人喜歡……噗！這啥？涼宮耶！」

「嗯啊，《涼宮春日的憂鬱》，之前看了動畫，想說也看一下原版的小說。之前好像良鴇也有在看的樣子呢！啾太郎你看過嗎？」

「嗯，看了。不喜歡。」啾太郎斬釘截鐵地說道。

「咦？爲什麼不喜歡？很可愛呀！」我有些意外，還以爲啾太郎會很喜歡這類型的故事說。啾太郎說道：

「可愛是可愛，但是與其說不喜歡，應該說很厭惡更爲恰當吧。」

「很厭惡？爲什麼呢？」

「想知道？」啾太郎又再度挑起眉毛，用那種挑釁的語氣問道。這回，我不甘示弱地也挑起眉毛說道：

「想知道！明明就是大家都很喜歡，又很有趣的故事的說！」

「哦？小景也很喜歡嗎？」

「我覺得很不錯啊！」

「爲什麼喜歡呢？你也想要擁有涼宮那種心想事成的造物能力嗎？」

「喂，你不要轉移話題喔！先說說你爲什麼厭惡？」我精明地說道。

啾太郎沉思了一會兒，似乎認眞了起來，說道：

「嗯，其實這個問題，爲什麼會覺得厭惡，我也是最近才想明白的。一開始的時候，只是很單純的覺得，像涼宮春日那樣任性至極的人啊，如果是在現實世界的話，根本不可能交的到朋友的。就連像阿虛那樣的好人，也根本不可能會出現。就算你擁有著『創造世界』的能力，別人也只會因爲害怕，而處心積慮地想要殲滅你而已。絕對不可能就因爲這樣而去刻意討好你，並且甚至還覺得你很可愛之類的！另外，如果說，甚至連『大家事實上心裡都覺得春日很可愛！』或者是『想要跟春日在一起！』這樣的念頭，也是春日創造出來的話，那麼，我只能說，『春日眞是太可悲了。』大概是這樣吧！」

「哦……啾太郎你果然是個很偏激的人。」我這麼說道，雖然也不能否定啾太郎這樣的說法，因爲那的確是事實。

啾太郎不以爲意地笑了笑，繼續說道：

「不過，前陣子有一次剛好在洗澡的時候，卻突然想了起來，十九世紀初期那些激進派個人主義者的立場。」

「哦……怎麼會在洗澡的時候想到這種事情啊？噗！」我說道，試圖抓住啾太郎的語病。

啾太郎聽了哈哈一笑，說道：「喔，那是這樣的，聽好喔！就是『洗澡』→『阿基米德』→『蘇格拉底』→『詭辯學者』→『個人主義式人格觀』。然後就想到十九世紀初的那些激進派個人主義者了。」

「噗！好，繼續！」還眞會想啊！

「就是說，不論從哪一方面來說，涼宮春日都是個百分之百的個人主義者吧？而個人主義者的觀點就是『個人生活與個人目標中，對團體目標與社會生活的關照是不存在的』。也就是說，涼宮春日實質上是個拒絕社會功能和地位的人。」

「嗯……你從哪裡背下來的句子啊？」我皺著眉頭說道。講的這麼學術幹嘛！

啾太郎歪著頭想了想，說道：

「喔，應該是彼得．杜拉克吧？大學的時候唸的，已經有點記不清楚了。」

「所以說，涼宮是個拒絕社會功能和地位的人？那然後呢？」

「喔，接下來也是彼得．杜拉克的名言喔！」啾太郎笑道：

「可愛的杜拉克大師有一段話我很喜歡，他說：『一旦缺乏社會功能和地位，個人就會遭到放逐；然而，失根的人是看不見社會的，看見的只有深不可測的邪惡力量！這力量決定了他的生命和生計，但自己卻無法干預，甚至無法明白究竟是怎麼一回事。』後面還舉了個例子來形容，但是我忘記了。」

「嗯……」我試圖將這段話與前面提到的涼宮聯想在一起，不過有些成效不彰，思緒無法連貫。啾太郎說道：

「總之，因爲涼宮春日主動拒絕了她的社會功能和地位，所以在無法融入社會的她的眼中，自然會認爲世界是渾沌不明的，是無意義的，是邪惡的。」

「哦……不過就是因爲這樣，所以涼宮才想要自己努力去創造屬於自己的有趣事物啊！」我接口說道。

啾太郎點點頭，說道：「沒錯，她是這麼做了。但是，問題就出在這裡。」

「問題？哪裡？」我問道。努力的去嘗試有什麼問題？

「哈哈，問題可大了！」啾太郎說道：「沒錯，涼宮確實努力去嘗試，想要創造有趣的生活，但是，卻沒有人發現到，這個故事從最一開始的時候，對於『精采生活』的定義就是錯誤的了。涼宮春日不是一直都在期望身邊會發生各種奇妙的事件嗎？宇宙人啦、超能力者啦、未來人啦、密室謀殺案之類的啦等等，當然因爲這只是個奇幻小說的關係，所以這些事情在故事中也確實都如涼宮所願而發生了，雖然涼宮自己不曉得。但是，不論再如何努力地追求、渴望刺激事件，涼宮的心裡還是一直得不到滿足。這又爲什麼呢？」

「這是因爲，」我說道：「涼宮喜歡阿虛的關係吧！」

「沒錯，我一開始，也是這麼想的！」

啾太郎笑了笑，說道：「我認爲，涼宮春日實質上只是一個因爲阿虛沒有時時刻刻都順著她的意，又時常與其他女孩親近，因爲吃醋的關係而又過度任性，這樣的劇情使我感到很不爽。但是後來我搞懂了，之所以會對涼宮感到排斥與厭惡，最根本的原因，就是因爲這個故事本身，對於『追求精采生活』態度上的定義錯誤，所造成的。」

「態度上？」我問道，實在不是很了解。

啾太郎說道：「嗯。所謂的精采，應該是要靠自己勤於投入生活來創造與享受的！而不是老是渴求著身邊發生奇妙的事件，或者是出現奇妙的生物等等所帶來的刺激。涼宮春日確實很勇於追求，但是，因爲最一開始的想法就偏差了，錯誤的想法得不到滿足，也是很正常的事情。『閉鎖空間』是一種很爛的東西，創造不了任何有價值的事物。能夠滋養心靈的亞空間需要的不是『防壁』，而是『核心』。就像地球一樣，如果說地球的防壁是大氣層，或是地核磁場也好，防壁都是因爲強大的『核心』而產生的，對吧！」

「哦，你知道亞空間……良鶇也有跟你說啊？」

「亞空間？」啾太郎說道：「哦，那是我跟良鶇講的啦！源自於《封神演義》中的那種亞空間。」

「啊，原來是醬啊！」我說道。

啾太郎把最後一口咖啡喝掉，補充說道：

「嗯啊，所以說，這就是我不喜歡這部作品的地方。不是某個角色很討厭的緣故，而是不喜歡作品本身的概念。」

「嗯嗯……」我沉默了下來，不但完全沒有辦法反駁啾太郎的論調，甚至還不自覺地沉思了起來。

「小景，你今天心情眞的很差噢！」啾太郎笑道。

我嚇了一跳，說道：「咦？爲什麼這麼說？」

「噗！」啾太郎大笑了起來，說道：「我原本以爲你會拼盡全力抬槓的。」

「啊，這……唉唷，我默認你說的很有道理不行喔？」

「嘿嘿！」啾太郎笑道：「不過說眞的，小景你該不會眞的覺得，跟麒哥玩膩了吧？」

「喂，不要這麼說好不好？」我有些興味盎然的抗議說道。啾太郎意味深長地盯著我看了一會兒，說道：

「很可疑喔，你沒有全然否定我的說法。」

我被啾太郎看得有些臉紅心跳，下意識地用充滿女人味的姿態撥了一下頭髮。啾太郎見了，卻換上嚴峻的神色，身體往後靠向椅背，離得我遠遠的，說道：

「麒哥跟我不一樣，他是一個眞正很帥氣的男人。如果你不懂得欣賞什麼叫做眞正的男人的話，小鶇把麒哥讓給你眞是太可惜了。」

「咦？你說這話是什麼意思？」我突然心裡抽緊了一下，血壓也迅速升高。

啾太郎聽了，嘆了口氣說道：

「其實我原本不太喜歡你這個人的，要不是良鶇很護著你，我還眞希望小鶇能跟麒哥繼續交往下去，雖然遠距離戀愛很累啦！」

「什麼意思？他們不是兄妹嗎？」我慌張了起來，啾太郎到底在說什麼啊？

「哪來的兄妹啊？小鶇是麒哥的前女友耶！因爲小鶇堅持要去留學，他們才決定分手的。我說小景啊，你也未免太渾然無所覺了吧？」

「可……可是，良麒與良鶇這樣的名字，怎麼可能會這麼剛好？」

啾太郎停了一下，說道：「看來你還眞的不知道。因爲麒哥叫做良麒，小鶇跟麒哥交往之後，自己覺得好玩才取了良鶇這個名字的，良就是麒哥的良，鶇是因爲當時小鶇很迷《鴉KARAS》裡面的鵺，只不過她把『鵺』看成『鶇』了，才叫做良鶇的。」

「啊……原來是這樣……」我完全無法掩飾內心的震驚與打擊，情緒全都赤裸裸地攤在啾太郎的面前。他的眼神，讓我感覺到有些無地自容。

「唉，算了。」啾太郎拍了拍吃的很飽的肚子說道：「反正小鶇心意也很堅決，麒哥也是一樣。所以，就算你跟麒哥分手，對於麒哥來說應該也沒什麼差別。我想麒哥還是會一樣狂熱地投入工作，然後等著小鶇回來吧？」

「是……嗎？」我支唔地說道，耳朵裡突然像是淹水了一般，耳鳴得嚴重。

「嗯啊，不過，麒哥現在工作，卻還是爲了你就是了。唉唉，他那個人啊，就是帥過頭了點，簡直就像是《BLOOD＋》的戴比特一樣，眞是拿他沒辦法啊！」

「嗯……」我輕聲地應道，腦袋，已經完全沒有辦法思考了。

我像是行尸走肉般地回到家裡，一進門的時候，良麒剛洗好澡從浴室出來，身上只圍了一條浴巾。我看見他微凸的渾圓啤酒肚露在浴巾外頭，身材明顯發胖了一些。良麒見我回來，臉上露出溫柔的笑容，說道：

「回來啦！今天比較晚呢！吃過了嗎？」

我看得有些暈眩，已經多久沒有注意到，原來良麒還有這樣子的表情啊！我放下兩大袋沉重的書，說道：

「嗯，抱歉，在外面太餓所以先吃了。」

良麒好奇地湊過來一看，很本能地用著野生動物般的姿勢朝袋子裡頭挖寶去了，一邊興奮的說道：

「哇，好多書喔！你買的？眞不錯耶！好久沒看書了！」

「嗯啊，我也是這麼想。」

良麒順手挖出最上頭的幾本，噗哧一笑，說道：

「哦哦，ＢＬ漫畫！」

「呃……」眞糟糕。瞬間我的頭上長滿了黑線。

良麒明顯對ＢＬ漫畫沒什麼興趣，往旁邊一放之後又繼續出擊，這回他高興地大叫了一聲說道：

「噢，涼宮春日！這個好耶！阿虛的獨白超好笑的！」

我感覺到自己全身毛髮都豎了起來，問道：「你喜歡啊？」

「喜歡啊，很有趣嘛！偶爾看這個輕鬆一下也不錯。」

「那……」我遲疑的問道：「你喜歡……像涼宮那樣的女孩嗎？」

「嗯，雖然任性了點，」良麒擦了擦還在滴水的頭髮，轉頭看向我，笑道：「不過紮馬尾辮的時候，確實滿耐人尋味的呢！」

「噗！」

我笑了出來，自然地走到良麒身邊，親吻他剛洗完澡洗得香噴噴的臉頰。良麒也抱住我，一手打亂了我的頭髮。他的眼神還是一樣的深邃，猶如沉靜的幽潭。我突然一陣心痛，臉上卻不自覺地深刻的笑了起來，低聲嘆道：

「傻瓜！」

電視上的動畫頻道正好播出了《翼神世音》的下回預告，如月久遠的聲音緩緩地訴說著那句標準台詞：

世界，充滿了聲音……

是的，今天的世界，也充滿了聲音……

正因爲無法傳遞，所以濃郁。

第十章　自我的論證

隨著澳洲網球公開賽的開打，冬季又再度降臨。姨丈甚至在辦公室裡放置了一台小型液晶電視，工作的時候也不忘注目戰況轉播。我不禁莞爾，這果然是只有在自家公司上班，才有可能會做的事情啊！

我非常喜歡勞力士用費德勒擊球的英姿剪輯而成的那支廣告，尤其是費德勒轉身跳躍起來，身體呈大字型地背面擊球的那一幕，可以強烈地感受到這位天王球員的身體張力、與那種極致的平衡美感！再配上那雄壯如史詩般的背景音樂，實在是……令人不熱血也難啊！每當球賽轉播的空檔裡，電視台播出這支廣告的時候，就算是打報表打一半，眼睛一旦離開等一下就又要重新找很久的狀況下，我仍然會不顧一切地轉身，然後向電視機螢幕，投以最熱誠的注視禮！

太美麗了！

那樣光彩奪目的盡情！

除了讚嘆，那滿溢的能量，也使我不得不意識到自身的貧乏與醜陋。球王專注的光輝，照耀得我幾乎睜不開眼睛。

我羞愧不已！

心想著，不得不做些什麼，突破些什麼，來爲自己醜陋的思緒做一個總結、與如詩般的終止式。

然而，不同於良鶇或是啾太郎那樣天生有著敏銳思緒的人，我自認悟性駑鈍，而且就某方面來說，可能眞的是駑鈍到一個極點吧？就像前陣子買的兩大袋書裡面，除了漫畫書之外，其餘全部文字性的書，到現在連一本也還沒看！不是有沒有時間看的問題，也不是有沒有興趣的問題，在這種時候，我們也就不需要虛僞的說謊了！這根本就是無可救藥的惰性，以及麻痺的惡性循環啊！

爲了消除心中的罪惡感與徬徨的思緒，終於我強迫自己走到那兩大袋書的面前，想說就隨便挖出一本來看看也是好的。東看西看，看中了一本彼得・杜拉克大師，最近出的一本自選集《運作健全的社會》。

事實上，當初之所以會買這本書，其實也並不是因爲有什麼崇高的理想，或是想要附會風雅的緣故。說穿了，我並不是那種愛好讀書、勤於學習新知、以充實自我的人。之所以會買這本《運作健全的社會》，單純只是因為，拿來作為封面的那張杜拉克大師的玉照……實在是——太可愛啦！簡直就像是那在我唸小學時，便已安祥辭世的親親老外公！

橢圓形的頭，頭上沒剩幾跟毛，大大的鼻子，以及薄到幾乎沒有唇線的嘴巴，笑開來的時候我們可以看到，即使老了還是很整齊健康的牙齒們！以及那兩隻形狀完整漂亮、但卻很大很長的耳朵！（這樣講好像已經不是在形容人類的感覺了？）總之，就是個相貌可愛到不行的老人！

更甚者，我還發現到，杜拉克大師的左眼——割了雙眼皮唷！只有左眼。有趣的是，我的外公在老年的時候，聽說也因為眼皮鬆弛、下垂的太嚴重，導致眼睛很難張開的關係，而去割了雙眼皮！噢，不，應該說，「割成雙眼皮」才對，因為原本可能已經七八層了吧？因此，突然之間看到杜拉克大師也因為這樣的緣故，而割了雙眼皮，實在是！強烈地讓我感覺到——啊！好親切呀！噗！

完全是基於這種非理性的緣故而開始研讀一本書的感覺也是挺不錯的？我開始被杜拉克大師的幽默感笑到臉皮僵硬，肚皮發酸。光是一開頭的前言就相當令人咋舌！居然拿《魯賓遜漂流記》作為論證的舉例？果真是前所未有的學術論文啊！如果要照這個方式類比舉例的話，那麼，我也可以來上一段試試看好了。例如，照原文的模式來做代換的話就是這樣：

《BLOOD+》的小夜與她的騎士哈吉，沒錯，這兩個人有自己的社會，但是一般來說將小夜認爲是孤立情意複合體（Stand Alone Complex）、個人主義者經濟人（individualist Economic Man）的觀念，卻是荒唐至極。小夜有她的社會價值、習慣、禁忌和權力，但那不是從四處砍殺翼手的亡命生活需求所發展出來的，而是緣起於生活於喬艾爾的動物園時期中所被灌輸的，基本上，她的社會是一個由歐洲貴族階層所組成的古代莊園社會……

噗！改的有點爛，但是確實滿有趣的！

不過呢，杜拉克大師之所以舉出魯賓遜的例子，是爲了要闡述一個事實：

一個人即使遷移到與原本所屬社會不同物質現實和問題的環境，還是可以根據原屬社會的價值和觀念來建立成功的社會生活。

這不得不令我聯想到良鶇。

良鶇說，只要勇氣足夠的話，有些事情，是可以不用改變的。所以，不論她去到了哪哩，都一樣會穿著網球鞋。這也是爲了能夠繼續感受到因爲迷戀不二，所帶來的神奇力量吧？

就如啾太郎所言，所謂的精采，應該是要靠自己勤於投入生活，來「創造」與「享受」的！因爲亞空間所需要的，並不是防壁，而是核心。地球就像是宇宙中最棒的亞空間，如果地球沒有核心的話，就會失去生命。而人心，也是一樣！

就在這樣的一股衝動之下，我報名參加了會計師資格考試的補習課程。並且在心裡下定決心，補習的時候，絕對會穿網球鞋去！也許這個決定乍看之下就像是個莫名其妙的無聊舉動，但是，人生本來就是在無聊與無聊的相互碰撞之下，而能產生意義的，不是嗎？就像地球與月球，雖然聽說愈離愈遠了？但是只要尙未完全失去彼此，卻總是能夠以相互吸引、相互影響，而產生了偉大的潮汐作用，以及夢幻般的希冀與無常。

事實上，我一直都覺得那些會計報表是一種很神奇的東西，雖然工作時要計算就不好玩了，但就原理來說，眞的很神奇！就好比說資產負債表好了，這是最基本的一個報表，很多人每天都會碰到它，也很直覺的認爲「資產」與「負債」兩邊最後加起來要相等是一件天經地義的事情！就像算化學作用的恆等式一樣，左右兩邊的係數加起來要相等，才是正確的，如果不相等的話，那就一定是自己哪邊算錯了，或者是哪裡想錯了。雖然我實在是始終都沒有確實搞懂過，究竟「爲什麼會相等」這個問題，但是自從看了《鋼之鍊金術師》，認識到所謂「等價交換」這樣的原則之後，一切的疑惑便都豁然開朗了起來！哦，原來，兩邊要相等，正因爲那是「天理」啊！

然而，這樣的理解，實際上卻是建立在牽強之上的。

等價交換的原則並不是天理，也沒有辦法解釋世界上的一切事物。因爲，現在我們都知道了，地球的生命並不是無盡的，地核的熱能也終有熄滅的一天，孕育於這浩瀚星球上的生態系統也將隨之滅絕，而這些都不是等價交換，只是一種自然而然的趨勢預測。如果要拿更廣大的宇宙來塡塞地球生命將盡的遺憾的話，很抱歉，我們也不得不懷疑，您心中所推想的和平運行的宇宙，也是建立在冒險心十足假設之上的。

於是，當我第一天、眞的穿上網球鞋、出門要去補習班上課的時候，過馬路時看見十字路口的街道上，太陽竟然顯現出了異常的明亮度。整個馬路與那些一叢叢聳立於街道旁的建築物，看上去竟像是曝光過度的照片般，籠罩著一大片和諧而寂靜的白色光暈。

無數的紅綠燈與行人燈號，在無聲之中規律地變換著顏色與形狀，閃動的時候像是炫燿著某種期待的心情，然後再「啪！」的一聲交棒給下一個象徵性的訊息。這熟悉而又陌生的景象，猶如一面魔力般的鏡面一樣，將我給吸了進去！甚至似乎能夠看到自己的倒影，佇立於那波光的灧漾之中，瀲斂、而不連續。

霎時，我突然像是終於睡醒了一樣，腦袋瞬間清醒的不得了！我突然間明白了！如果從現在的狀態推想起來的話……

或許，幾年之後，我會毫無意外地在眾人的祝賀與嘲笑聲中，與良麒一起踏上婚姻的旅途？

也或許，在幾年之後，唸完書回到台灣的良鵜，將會再度毫無意外地，使我與良麒之間的信任與依賴，輕易地又化爲灰燼般飛散消失？

又或許，在上述兩項事件都尚未來得及發生之前，我就會因爲對於自己的過度忠誠，而不得不捨棄掉這如溫泉般暖膩的平淡感情？

憂傷的事情，想要的話是隨時都有的。但是，這一切，卻都不論如何也無法阻止我穿上網球鞋時，就會想起良鵜的強烈喜悅。

就算是多年後，也許有一天，我會在十字路口的對面人潮中，發現良鵜的身影，以及她早已脫下了網球鞋的世故表情也說不定。

而我，也會因此再度面臨挫折，再度變得迷惘而失去生命的力量與勇氣，但是！即使如此，依然無法阻擋我現在就要邁出的、碰通一聲重重地踏在地上的沉穩步伐。

因爲，從今天開始，我也要做「網球鞋女孩」！

……如何？這樣的結尾？噗！

我忘記是哪位網球選手曾說過的話了，他說，當你在比賽的時候喪失了自信心，覺得身體僵硬不聽使喚的時候，最好的解決辦法，就是不管三七二十一，狠狠給他猛砸幾球下去，一切就會變得順暢起來的。

是的！所以：

「喂！我要砸了喔！」

良鵜站在球場對面的接發球區，自信滿滿地喊道：

「好！來吧！我絕對會打回去的唷！」

我發自內心地全身都微笑了起來，思緒也流露出了金黃色的光芒。緩緩地弓身、拋球、躍起……

啪！

話說，「啪」這個字啊，這輩子，

我從來也沒有覺得它的發音，竟然是這麼地美妙過！

——全書完——

楊依射作品集（0）

網球鞋女孩

Philosophy Behind Animation & Comics

建議售價・200元

作　　者・楊依射
特約主編・簡世照
封面設計・啾太郎
文字編輯・楊宜蓁
文字校對・米賽亞
美術編輯・張禮南
總 編 輯・水　邊
發 行 人・張輝潭
出版發行・白象文化事業有限公司
402台中市南區福新街96號
電話：（04）2265-2939
傳真：（04）2265-1171
印　　刷・基盛印刷工場
版　　次・2009年（民98）七月初版一刷

設計編印・印書小舖
網　　址・www.PressStore.com.tw
電　　郵・press.store@msa.hinet.net

國家圖書館出版品預行編目資料

網球鞋女孩Philosophy Behind Animation & Comics／
楊依射著．一初版．一臺中市：白象文化，民98.7
面：　公分．——（楊依射作品集；0）
ISBN 978-986-6453-35-9（平裝）
857.7　　98012002